Graziano Di Benedetto

La follia di Sonia

MNAMON

I

La giornata invernale mi avvolse con tutto il suo freddo abbraccio, le stelle brillavano vive nel cielo terso e scuro delle sei del mattino, l'aria entrava nei polmoni, vibrando di freddo e umidità, uno schiaffo in viso avrebbe fatto meno male. Il respiro sembrava quasi solidificarsi e formava nel buio fitto forme fluttuanti, fantasmi che sparivano veloci, come pensieri cattivi.

Mi stavo recando al lavoro, in un grande ospedale di provincia, imponente costruzione povera di personale ma carica di grandi sofferenze come ogni nosocomio.

Entrai nella mia auto ancora addormentato, con pensieri lenti e sonnacchiosi e il gusto del caffè in bocca. Adoro il caffè, specialmente al mattino, come adoravo guardare e salutare mentre dormiva Rebecca, la mia piccola figliola di tre anni, che si accucciava nel suo lettino caldo profumato di notte e di coccole. Guardarla e accarezzarla mi dava carica, mi faceva sentire bene. Adoravo anche salutare mia moglie Antonella, ancora assonnata. Anche lei lavorava e svolgeva la mia stessa professione di infermiere, lei in rianimazione e io in un reparto molto particolare: psichiatria adulti.

L'ospedale da lontano sembrava un gigante accasciato su un fianco, era posto su una piccola collina e, per arrivarci, bisognava percorrere una salita in mezzo a dei pini a ombrello, che rilasciavano resina e profumo, poi il grande cancello, che accoglieva vorace il personale e l'immancabile reception, con la macchina per timbrare la cartolina.

Dopo la timbratura percorsi un lungo corridoio con enormi finestre, che davano su giardini bui, poi varcai la soglia del reparto.

Quel mattino ebbi una sorpresa: la caposala era in malattia ed io, nonostante la mia giovane età, trentatré anni, ero il più anziano di turno, quindi toccava a me svolgere le sue mansioni e quel giorno dovevo accogliere una nuova collega, che sarebbe arrivata verso le nove accompagnata dal capo dei servizi. Dopo le mansioni di routine, salutati i pazienti, attesi l'arrivo della piccola comitiva. Infatti poco dopo si presentarono in reparto due persone: la prima, il capo dei servizi, donna molto alta e anziana, mi salutò da lontano e chiuse la porta, aveva paura della psichiatria, non a caso si dileguò immediatamente, la seconda era la collega appena trasferita. Essa si avvicinò camminando lungo il corridoio, la sua andatura era sinuosa, ma evidentemente costruita (la mia esperienza di attore teatrale mi permetteva di notare questo). Si avvicinava lenta, tranquilla, senza apparente paura. Si presentò a me: "Piacere, Sonia!". Mi porse la mano, la presi ed ebbi una pessima impressione, mano molle, fredda. Risposi con una stretta normale e un saluto: "Piacere, Andrea". Poi sorrisi e feci qualche domanda, ma nel frattempo osservai meglio la nuova venuta: il suo aspetto era estremamente curato, sfoggiava una pettinatura all'ultima moda, i capelli lunghi biondo cenere cadevano sulle spalle, morbidi e copiosi, la frangetta copriva lievemente gli occhi ovali, vagamente orientali, marroni come un tronco di quercia e truccati con matita e rimmel, gli zigomi erano alti e sovrastavano il viso lungo, scavato, bianco, bianchissimo, appuntito verso il basso, il rossetto rosso evidenziava ancor di più il suo pallore. Indossava orecchini grossi, dei cerchi ornati di pietre dure, oggetti poco consoni a un reparto di psichiatria. Mi colpì, inoltre, la sua divisa, perfettamente stirata e cucita su misura, stretta in vita, anche troppo, come per evidenziare curve che non esistevano. Qualcos'altro però mi turbò:

un terribile profumo dolciastro che infestò tutto l'ambiente, come un presagio. Ovviamente non dissi nulla a proposito dell'abbigliamento e degli accessori, non volevo rendermi antipatico, magari dopo qualche giorno avrei fatto qualche osservazione, quegli orecchini potevano essere pericolosi per lei.

Volevo continuare con le presentazioni, ma un'urgenza ruppe la tranquillità: un paziente, in preda ad un delirio, iniziò a sbattere la testa contro il muro, procurandosi ferite da cui grondava sangue a fiotti. Sonia fu del tutto indifferente alla visione, io invece intervenni, pregandola di entrare in infermeria, in questi casi l'esperienza è un fattore importantissimo e riuscii a gestire il tutto con estrema competenza, il mio lavoro mi piaceva e mi piace tuttora. La mia sicurezza nel risolvere le urgenze era motivo di accese e piacevoli discussioni, ma, come dico spesso, sono i fatti che fanno la storia, non le parole. La giornata passò senza altri intoppi, Sonia mi seguiva come un'ombra, non faceva domande, osservava e basta. Meglio così, non avevo voglia di rispondere a domande inutili e poco consone,inoltre a casa mi aspettavano le mie due "donnine" con una grande notizia: finalmente si era stabilita la data per il trasloco. Era ancora lontano, ma le novità mi piacciono sempre. Cambiare casa, iniziare quasi tutto da capo è motivo d'ansia ma anche di felicità, è come rinascere a nuova vita.

Il giorno dopo, prima di recarmi al lavoro, nonostante la levataccia, ero raggiante, un pomeriggio a casa e una notte con mia moglie sono sempre fonte di gioia a prescindere dal trasloco. Bevvi il mio solito caffè amaro e divorai delle fette biscottate con marmellata alla prugna, mi piaceva sentire il contrasto dolce amaro (mi piacciono i contrasti in genere, la monotonia non fa per me). Rasai i capelli, la barba scura, accorciai il pizzo e, dopo una doccia, mi infilai in auto di corsa, per evitare le pugnalate dell'aria fredda sul mio viso. Al mio ingresso in reparto la caposala, persona di una dolcezza infinita ma fragilissima, mi disse che Sonia era affiancata a me, poiché ero un collega con esperienza. Ovviamente accettai, anche se non ero felice di questo. Lavorare con una collega priva di ogni conoscenza in ambito psichiatrico è un rischio, questo in ogni settore, ma specialmente in psichiatria, dove anche uno sguardo può essere interpretato, o meglio, mal interpretato. E poi quella divisa, quegli orecchini e quel profumo erano tutte fonti di pericolo.

Accettai comunque senza discussioni, in realtà ero anche gratificato per questa situazione, tuttavia la mia mente vagava fra le fatture della cucina e dei mobili del bagno e altro ancora, in ogni caso ero presente a me stesso abbastanza da reggere questa situazione. La mattinata trascorse tranquilla, fortunatamente non vi fu nessuna urgenza, cercavo di mettere a proprio agio Sonia e nel frattempo sciorinavo un'eccellente preparazione farmacologica e psichiatrica, tuttavia inserivo spesso e volentieri i concetti di famiglia, figli, moglie, amore, tutti termini che richiamavano a una normale vita coniugale. Notavo che spesso la nuova collega mi osservava di nascosto, quasi con indifferenza, ma sentivo i suoi occhi addosso, una sensazione quasi piacevole che solleticava il mio egocentrismo, che mai sfociava in narcisismo esagerato. Sonia era abilissima nello schivare le domande dei colleghi, a domanda rispondeva con altra domanda, sempre con il sorriso sulle labbra; venni a sapere da lei stessa che era sposata, nulla di più. A dire il vero, mi era anche simpatica, parlava poco, ascoltava molto. Ero poco interessato a lei, ma la sua presenza era ovunque, infatti, dopo qualche giorno, in cucina vi erano oggetti mai visti prima: una tazza di bella fattura, larga e panciuta completamente bianca, con il nome Sonia, dipinto sopra con un rosso brillante, lo stesso per un bicchiere, un pentolino, due piatti, uno fondo e uno piano, e le posate. Il nome era scritto con cura estrema, inoltre la sua presenza aleggiava nell'aria a causa del suo profumo veramente fastidioso, questa fragranza la precedeva e rimaneva anche dopo il suo allontanamento. Anche i pazienti erano infastiditi da quell' olezzo, ma nessuno osava dire qualcosa. Del resto un profumo può svanire aprendo una finestra e spesso cambiavo aria, spalancando tutto ciò che era spalancabile per creare corrente e turbini. Sonia, puntualmente, chiudeva tutto con estrema calma e tranquillità, sembrava " marcasse" il territorio, come un animale bisognoso di farlo. Non mi mollava un attimo, mi era sempre accanto, silenziosa, discreta, a volte si poneva fisicamente fra me e gli altri e mi rivolgeva delle domande inerenti al lavoro. Io mantenevo sempre una certa distanza che lei, secondo la mia percezione, cercava di accorciare con piccoli cambi di posture o altro.

II

Il mese che mi toccava svolgere in ospedale finì e tornai a lavorare presso l'ambulatorio territoriale. Mi dedicavo alle mie solite occupazioni e guardavo con fierezza i progressi della mia bimba, che insieme alla mia consorte riempiva le mie giornate. I nostri sacrifici avevano fruttato una bella casa nuova, per il momento completamente vuota ma grande, spaziosa, soleggiata, degna di essere vissuta; spesso si andava contenti ed entusiasti a vedere mobili, attrezzature da giardino, camerette e altro ancora.

Un giorno, mentre stavo prestando servizio in ambulatorio, squillò il cellulare, cosa alquanto strana perché a quel tempo i prezzi erano decisamente alti e le chiamate che ricevevo erano solo per urgenze di famiglia o creditori impazienti. Il numero non era criptato, quindi risposi curioso e una vocina sottile da gatta morta disse: "Ciao, sono Sonia, spero di non disturbare, mi sono permessa di chiamarti per chiederti un consiglio". In realtà impiegai qualche secondo a capire chi fosse, nonostante si fosse presentata, poi ricordai e risposi sicuro e deciso "Ah, ciao! Dimmi pure, figurati, non disturbi per niente."

"Non so come comportarmi con un paziente, è spesso aggressivo con me, mi insulta. Che atteggiamento devo avere?"

Io, solleticato nel mio narcisismo, fui prodigo di consigli e rassicurazioni, ringraziandola addirittura per la chiamata, in realtà avrei dovuto troncare immediatamente quella conversazione: se non si è presenti e non si vede la situazione, i consigli sono fini a se stessi. Mi chiesi come avesse avuto il mio numero di cellulare, ma poi ricordai che nell'agenda di reparto vi erano tutti i numeri scritti, dei cellulari e di casa, avevamo anche le reperibilità sul pronto soccorso e i cicalini cominciavano a essere obsoleti e inadeguati. Poi Sonia aggiunse:

"Volevo anche salutarti!" e la conversazione terminò così.

Mi sentii un gran "coglione", questa fu la sensazione che mi invase, mi sentivo sprovveduto, ingenuo, perché aveva telefonato a me? Personale ve n'era a sufficienza in reparto e il confronto con i colleghi è importante, ma non con un collega che non può vedere la situazione. Vi furono altre telefonate nei giorni successivi, il motivo era sempre lo stesso: la collega voleva consigli sul modo di comportarsi. Io fui sempre gentile, anche se avevo voglia di insultarla, mi trattenni solo per il cosiddetto quieto vivere, eppure la mia gentilezza fu un grandissimo errore.

I giorni trascorrevano lieti e faticosi fra una tinteggiatura e l'altra e la mia vita amorosa e sessuale era intensa: io e Antonella, contenti per i risultati ottenuti, non potendo distrarci in altro modo e non avendo a disposizione molti soldi, appena possibile ci rilassavamo nel modo più naturale possibile. L'amore, che ci legava e che ci lega tuttora, era stato sempre fonte di invidia da parte di altri. Ovviamente non mancavano ardore, foga, tenerezza, insomma eravamo e siamo una coppia affiatata in tutti i sensi.

I mesi passavano fra un acquisto e l'altro, puntualmente, una volta a settimana, Sonia chiamava per chiedere consigli, le telefonate erano sempre in orario di servizio, io rispondevo sempre in maniera "tecnica" con poco trasporto e al suo "Volevo anche salutarti" ribattevo con educata freddezza.

Un giorno mi recai in reparto per accompagnare un paziente, nulla di grave, presente al turno vi era anche Sonia, fra me e me pensai: " Che palle, ora mi chiede altri consigli e dovrò sentire il suo odioso profumo!". Invece mi salutò semplicemente con un "ciao" e un gran sorriso e si allontanò dal gruppo di persone presenti. Nel frattempo io rimasi solo, lei ricomparve poco dopo: solito abbigliamento curato, pettinatura scolpita, stesso profumo. Con un sorriso discreto e per nulla imbarazzata disse: "Ieri sera hai fatto sesso, lo sento dal tuo odore..." Io mi sentii trafiggere da un coltello in pieno petto, diventai caldo dall'imbarazzo, non mi aspettavo sicuramente un'affermazione del genere, e, visto che era anche vero che avevo fatto l'amore, risposi con tono deciso ma non scortese.

"Certo, fare l'amore aiuta il fisico e la mente: è il paradiso dei poveri!"

Sonia ammiccò e aggiunse: "Io adoro i profumi e il tuo è veramente accattivante, ma non parlo di quello che indossi, parlo del tuo profumo naturale, del tuo odore, di quello che emani, di quello che..." Fortunatamente entrò un collega e lei immediatamente cambiò discorso, mantenendo lo stesso tono con un'abilità mai vista prima. Mentre parlava degli odori, i suoi occhi brillavano e si mordicchiava le labbra. Approfittando della presenza del collega mi tolsi dall'imbarazzo uscendo dalla stanza, ma rimasi appena fuori. Lei mi guardava di sottecchi e mi sentivo scandagliato come avessi addosso un apparecchio per le ecografie, mi sentivo nudo: istintivamente misi la borsa delle urgenze davanti ai genitali, per coprire quello che era in realtà già coperto. Mi sentivo alla sua mercé, situazione strana per me, sempre sicuro, deciso. I suoi occhi, anzi, il suo sguardo m'infastidivano parecchio, tuttavia non osavo guardarla in viso. Salutai e andai via, visto che la situazione con il paziente era sistemata, poi, con calma, cominciai a elaborare meglio quello che era accaduto e iniziai a ridere da solo per via del mio comportamento. Coprirsi i genitali con la borsa? E chi era, Wonder Woman? Non poteva certo vedere attraverso i miei pantaloni e boxer! Poi pensavo alle sue osservazioni sul mio profumo: se avesse saputo quello che pensavo io del suo! La situazione, però, mi turbava un po', quindi raccontai l'episodio ad un collega anziano, verso cui nutro molto rispetto, e lui mi disse subito: "Mi sembra evidente che ti vuole scopare, apri gli occhi stupido!"

"Scopare con me? Ma io sono felicemente sposato, ho una figlia, vogliamo farne altri, perché proprio io?"

"Proprio per questo vuole scoparti, sei già legato, quindi non dai problemi e poi è evidente che funzioni sessualmente, sei discreto e anche belloccio, chi meglio di te in questo momento?"

In quel momento mi sentivo un po' un oggetto, un corpo, completamente privo di intelletto, un corpo da usare. Da una parte poi vi era anche una sorta di gratificazione data dall'essere scelto per soddisfare istinti primitivi, ma erano appunto solo istinti, l'amore non c'entrava assolutamente nulla. Non riuscivo a raffigurarmi Sonia nuda: mi sembrava una donna finta, algida, calcolatrice, incapace di affetto o amore, troppo curata. Ad un certo punto la immaginai mentre si smontava qualcosa di finto, un seno... un occhio... le ciglia... Un brivido mi percorse la schiena al solo pensiero. Arrivato a casa, raccontai l'episodio a mia moglie e ci ridemmo sopra, rispettando comunque Sonia, non era e non è nostro uso denigrare gli altri. Comunque quella sera feci una doccia doppia, consumando una gran quantità di sapone, per evitare tentazioni altrui.

III

I mesi seguenti furono intensi e pieni di attività: avevo preso dei giorni di ferie per terminare i lavori a casa, non andavo in reparto da tempo, avevo dimenticato l'episodio, le telefonate per chiedere consigli erano scomparse, la vita procedeva frenetica e felice.

Ovviamente dovetti rientrare in ospedale e incontrai Sonia: immediatamente una zaffata di profumo mi stordì e rievocò in me l'episodio dei mesi precedenti. Ero lievemente turbato e a disagio, mostrai una cordiale indifferenza e la giornata proseguì nel migliore dei modi. Paradossalmente mi aiutò il gran trambusto in reparto: vi erano molti pazienti con violente crisi in cui la violenza imperava e non avevamo assolutamente il tempo di fermarci a parlare, era addirittura un lusso poter andare in bagno. Tuttavia mi sentivo sempre osservato, scrutato, sentivo gli occhi di quella donna addosso, in ogni mio movimento, in ogni mio gesto, quasi in ogni mio pensiero, Sonia era sempre accanto a me e, quando per un minuto spariva, era il suo orrendo profumo a trattenere la sua presenza. Fortunatamente non proferì parola in merito al mio "presunto odore" e questo mi permise di essere un po' più sereno.

Guardai lo specchietto dei turni (per specchietto intendo la programmazione del personale) e notai con mio grande sdegno che, anche quel mese, era in coppia con me: questo voleva dire che tutti i miei giorni lavorativi coincidevano con i suoi. Con estrema discrezione andai dalla caposala a chiedere spiegazioni e lei rispose: "E' stata Sonia a chiederlo, dice che con te si sente più sicura."

Non obiettai nulla, in un ambiente come il nostro ogni parola, ogni frase è oggetto di interpretazione, tutti si sentono dei piccoli Freud e dispensano sentenze, le quantità di giudizi e di parole è molteplice, dirompente e ovviamente in gran parte ciò che si afferma è sbagliato. A casa parlai con Antonella di questa sensazione, ma poi tutto passò e la serata proseguì nel migliore dei modi.

Il giorno dopo mi presentai al lavoro per il turno pomeridiano. Io, Sonia e Rocco prendemmo la consegna del turno precedente e andammo a cambiarci nello spogliatoio. Il locale era diviso da un muro posticcio, composto dagli armadietti che appunto separavano due spazi, vi erano due entrate, ma l'ambiente era unico. Immediatamente la presenza di Sonia fu travolgente: il suo profumo invase le nostre narici, anche Rocco era infastidito, tuttavia per il quieto vivere... si trattiene anche il respiro! Ci cambiammo con molta fretta, gettando gli abiti alla rinfusa, volevamo uscire a respirare, poi ci recammo in infermeria per svolgere le mansioni quotidiane. Sonia, come sempre, quando non eravamo soli, mostrava un discreto distacco, presente sì ma distaccata, appena eravamo da soli, però, si insinuava nella mia intimità con una violenza emotiva fortissima. Quando Rocco si allontanò, la mia collega si avvicinò e, guardandomi fisso negli occhi, disse: "Ti stanno molto bene i boxer neri, si abbinano benissimo con la maglietta, hai degli ottimi gusti in fatto di biancheria intima. Sai, non ho potuto fare a meno di guardare attraverso gli spazi degli armadietti, si vede tutto! Scommetto che hai guardato anche tu!"

"No, sono molto stanco e affaticato, sinceramente non ho voglia di guardare nelle fessure."

"So che non è così, i tuoi feromoni parlano chiaro!", rispose Sonia sorridendo maliziosamente.

A quel punto, fortunatamente, entrò Rocco, che fu abilmente coinvolto da lei nel discorso, infatti, esclamò: " Guarda che diventate strabici se guardate cosi, per vedere un reggiseno poi o un paio di slip neri di pizzo!".

Rocco divertito disse: "Lo facciamo tutti!" e uscì per riprendere il lavoro che aveva interrotto. Vidi Sonia tronfia: "Visto? Che cosa ti avevo detto? Inutile negare, so che l'hai fatto." Io ero veramente infastidito dal suo atteggiamento, ma più ancora dal mio, la mia gentilezza e cordialità avrebbero dovuto essere annullate da un bel "vaffanculo". Lasciai stare anche questa volta, cambiando discorso. Iniziai a parlare di moglie, esaltandone le qualità di donna e di mamma, bypassando ogni riferimento di tipo sessuale o intimo, non volevo far sapere nulla della mia vita. La mia collega era abilissima a girare le tue parole o le situazioni, adorava mettere in difficoltà le persone, sembrava godere dell'imbarazzo altrui. Continuai a discutere di paternità e maternità, scatenando le sue risate ironiche e beffarde, tuttavia riuscii a gestire il tutto con grande fatica, cercando di riportare ogni discorso su un piano di realtà consono alla situazione. Eppure Sonia continuava a deviare ogni discorso su un piano erotico, specialmente quando eravamo soli. Comunque, benché provato, evitai di raccontare a casa quel terribile pomeriggio.

Venne il turno di notte, come sempre arrivai puntuale. Il mio abbigliamento era il solito, la mia stanchezza era palpabile, in mattinata avevo scaricato pacchi di mattonelle e di cemento, non pensavo sicuramente alla moda. Sonia invece si presentò con un abito molto leggero, la primavera inoltrata lo consentiva, di colore rosa pastello, molto delicato e svolazzante, spolverino in tinta, scarpe e borsa abbinate. I capelli erano acconciati in maniera apparentemente arruffata, ma in realtà nascondevano una pettinatura ricercata ed accurata. Fra me e me pensai : "Se viene a lavorare vestita così, chissà come si veste per andare a fare la spesa o dal dentista!" Soffocai le risate intimamente, anche se in realtà questa mia ironia, nascondeva un disagio sempre più imperante, che mi stava invadendo progressivamente. Pur non pensando al mio abbigliamento, prima di partire da casa e dopo una doccia corroborante, indossai dei semplicissimi boxer bianchi, che non trasparivano attraverso la divisa e una accollatissima maglietta, anch'essa bianca. Era incredibile come il comportamento di Sonia stesse in qualche maniera condizionando la mia vita, infatti andai a cambiarmi nello spogliatoio con tempi diversi da quelli della mia collega e spalancai le porte degli armadietti per chiudere ogni spiraglio ad eventuali occhi. A dire il vero mi sentivo un grande idiota, la parola giusta per la situazione, condizionato e quasi incapace di reagire in maniera energica. Dopo lo "strip" necessario mi recai in infermeria. Tutto taceva, purtroppo, i pazienti dormivano o almeno erano tranquilli, feci più volte il giro con la pila, illuminando anche a sproposito i visi dei degenti, correndo il rischio di svegliarli. Continuavo ad insultarmi da solo per la mia apprensione, ma cercai di far prevalere l'ironia. Entrai in infermeria, dove trovai Sonia, che non si era mossa da lì. Estrassi quella che credevo un'arma infallibile, "Storia della rivoluzione russa", ma lei rispose con "Il Macellaio", noto best seller erotico del periodo. Il mio senso d'imbarazzo ricomparve, conoscevo il contenuto del libro, perché si stava proiettando al cinema, l'attrice era Alba Parietti, in ogni caso non chiesi nulla riguardo al contenuto. Sonia sembrava molto interessata, annuiva con piccole risate mentre si mordicchiava le labbra, respirava profondamente senza mai staccare gli occhi dalle pagine. Cominciai a pensare male di me stesso, ripetevo che era tutto falso, che in realtà io non ero un suo interesse e che la stanchezza poteva fare brutti scherzi. All'improvviso sentimmo un tonfo e delle urla incredibili ci costrinsero ad accorrere in reparto, questo distolse ogni interesse, fortunatamente, dalle nostre letture: la storia della rivoluzione russa era veramente pesante!

Vennero i giorni di riposo a casa, la solidità coniugale non era nemmeno scalfita da questa situazione, anzi devo ammettere che il pensiero di essere desiderato da un'altra persona, aumentava la mia carica sessuale,in quanto effettivamente è eccitante sentirsi desiderati. Con il tempo, però, capii a mie spese che gli incubi possono diventare realtà, realtà che hanno un nome, un cognome, dei tratti somatici e anche un profumo. La fragilità degli uomini è evidente quando si lasciano attrarre prepotentemente dal desiderio sessuale: non desideravo affatto Sonia, a dire il vero non mi piaceva, ma l'essere oggetto di attenzioni sessuali toccava qualche mia intima corda, mi gratificava addirittura. Gli uomini, anzi i maschi, a volte diventano effimeri eroi, impregnati di testosterone, che condiziona la loro vita intima e sociale.

IV

Arrivò un altro giorno lavorativo, un pomeriggio in reparto, preferivo il pomeriggio alla notte, almeno non eravamo in due, ma minimo in tre e, a volte, in quattro. Quel giorno avevamo programmato una cena in reparto, visto che non vi era la possibilità di andare in mensa. La cosa più o meno funziona così: ognuno porta del cibo e poi si divide equamente. Io portai solo una fame enorme, avevo lavorato tutta la mattina a casa, lavori pesantissimi e poi in ospedale. Sonia aveva una gran quantità di cibo per preparare un'insalata di riso. Questa volta fui io ad osservare, la mia fame e la mia acquolina erano incontenibili, sentivo lo stomaco gorgogliare e fremere. Tuttavia, guardando bene, rimasi colpito in senso negativo: Sonia stava preparando l'insalata di riso appunto, ma le sottilette erano light, il tonno light, il formaggio light, olio light, il sale era iposodico! Un collega di buona forchetta, appena assaggiò questa insalata, imprecò come un dannato e iniziò ad aggiungere sale, olio, aceto, formaggio, tutto quello che era possibile aggiungere: effettivamente l'insalata sapeva di paglia. Ad un certo punto il collega si alzò e disse: "Sentite, io vado ad ordinare una pizza, chi la vuole?" Io alzai con gran foga la mano, non potevo mangiare quell'insalata, Sonia espresse il suo dissenso, dicendo: "Ognuno è libero di morire come vuole!"

Un atteggiamento mi colpì più ancora della risposta: lei in realtà, non mangiava affatto. Prendeva una piccola porzione con la forchetta, usava solo la punta, teneva in bocca lo stesso bolo per un tempo lunghissimo, masticava lentamente, impastando con la lingua il tutto. Sembrava mangiasse continuamente, invece era sempre lo stesso bolo. Contemporaneamente girava la forchetta nel piatto, distruggendo l'architettura della composizione, la sua porzione sembrava consumata e mangiata, in realtà il tutto era solo stato spostato. Poi con estrema calma si alzò, gettò il resto nella spazzatura e completò il pranzo con uno yoghurt rigorosamente light. La nostra cena finì con due pizze ai quattro formaggi arricchite con salamino piccante, io ero alto circa un metro e ottanta e pesavo 68 chili, di grasso non ne avevo affatto, facevo il muratore a casa e l'infermiere al lavoro, ero una fascia di muscoli non gonfiati, sani e robusti, creati dal massacrante lavoro, sinceramente non avevo voglia di cibi light. Sonia rimase in nostra compagnia, sorrideva alle nostre battute. Comunque la cena, per quanto possibile in un reparto, fu addirittura piacevole. La collega aveva portato anche delle birre, ovviamente light, che rimasero sul tavolo ermeticamente chiuse.

Per un certo periodo di tempo la presenza della collega si fece meno assillante, guardava, osservava, sorrideva, sfoggiava sempre abiti all'ultima moda e acconciature particolari e ricercate, si faceva notare solo per questo, tutti la consideravano poco in realtà, sembrava non avere argomenti comuni con tutti gli altri, persone impegnate in famiglia e in hobby. A volte, quando ero più tranquillo e meno assillato dal ricordo di ciò che mi aveva detto, provavo un senso di pena per lei, in fondo la sua solitudine era grande come la sua attenzione alla moda. Non parlava mai di suo marito o di parenti e amici, qualche volta con estrema eleganza raccontava di gite in barca con persone misteriose, ma tutto sembrava frutto di fantasie.

Sonia non era ben integrata con l'equipe, evitava di lavorare durante il turno pomeridiano e i festivi, nonostante non sfoggiasse vita sociale apparente o vita familiare felice e cambiava a suo piacimento i turni, scombussolando la vita altrui.

Non cambiava invece mai il turno quando era in coppia con me, anche se si trattava di una domenica pomeriggio o di una festività. Questo non mi gratificava affatto, anche se non aveva più quel suo atteggiamento seducente, quindi reggevo la situazione senza problemi.

Un contrattempo in famiglia fece slittare il nostro periodo di ferie: questo mi permise di non avere il turno con Sonia. Partii venti giorni dopo la data programmata. La Sicilia, con tutti i suoi magnifici odori e sapori, ci aspettava. Eravamo stanchissimi sia io sia mia moglie, praticamente svolgevamo un doppio lavoro, muratori ed infermieri, quindi aspettavamo quel momento per godere l'uno dell'altra e per riposarci. Tenevo il cellulare quasi sempre spento, quelle poche volte che lo accendevo, però, ricevevo degli squilli. Il numero era criptato e non potevo risalire al mittente, pensavo ad uno sbaglio o a numerosi sbagli e, per evitare qualunque pensiero, aumentavo il numero delle ore in cui tenevo spento il tutto. Appena accendevo, un trillo faceva capolino. Per prova allora tenni il telefono acceso per tutto il giorno, ma nello zaino. Alla fine della giornata contai una trentina di chiamate senza risposta con numero criptato. Cominciavo ad essere inquieto. Senza dire nulla a mia moglie, andai dai carabinieri di zona: essi mi risposero che non vi era alcuna prova di molestia in questo caso e poi, per risalire al numero, anche se criptato, ci voleva una serie di richieste non indifferenti, quindi mi liquidarono lasciandomi ancora più inquieto.

Lasciai acceso il cellulare giorno e notte, con la suoneria a zero, feci sfogare così il misterioso personaggio. Gli squilli continuarono per tutto il giorno e per tutta la notte, senza distinzione di fascia oraria. Non avevo alcuna intenzione di cambiare numero di telefono, le tariffe erano decisamente alte, poi modificare abitudini di vita per questa situazione mi dava ancora più fastidio. Ovviamente il mio pensiero corse a

Sonia, ero quasi convinto che fosse lei l'artefice di tutto, ma non volli telefonare in reparto per chiedere i turni, volevo che la cosa rimanesse privata. Cominciai ad annotare gli orari di tutti gli squilli, giorno e notte, quando ero solo, segnavo su un taccuino tutto, giorno e ora. Le mie ferie passarono comunque liete e purtroppo tornammo a casa, decisamente più rilassati e riposati. Rientrai in ospedale per lavorare e, fortunatamente, seppi che Sonia era in ferie. Presi i turni del mese precedente, feci tutto di nascosto, in un ambiente come questo meglio evitare commenti e parole di troppo, dal momento che tutto è interpretabile ed è frutto a sua volta di commenti inutili. Feci una fotocopia e a casa confrontai taccuino e turni di Sonia: tutto corrispondeva alla perfezione. Gli squilli notturni erano stati compiuti quando lei era al lavoro, ma molti anche quando lei era di riposo, la coincidenza era almeno dell'ottanta per cento con i suoi turni. Probabilmente passava gran parte del suo tempo ad isolarsi per poi prendere il cellulare. Ero più inquieto del solito, il senso d'impotenza cresceva e mi dava un gran fastidio, non potevo assolutamente dire nulla, rischiavo di passare per persecutorio e squilibrato, era meglio tacere. Anche se la rabbia continuava a crescere, dovevo però mantenere la calma, questo era fondamentale, difficile ma fondamentale.

V

Purtroppo anche il periodo di ferie di Sonia terminò. Quel pomeriggio si presentò in reparto con i capelli ancora più chiari e un abito tinta panna, che metteva in risalto la sua abbronzatura, molto sbracciato. Le braccia erano magrissime e anche il viso era ulteriormente scavato, il trucco era molto raffinato come al solito e lo sguardo raggiante, euforico. Salutò discretamente e si mise da parte ad ascoltare la consegna. I suoi occhi scrutavano tutto, come se si trovasse per la prima volta in quel luogo, poi il suo sguardo si posò su di me. Rimasi indifferente, un senso di fastidio mi percorse la schiena, quindi, dopo aver terminato di ascoltare, Sonia si avvicinò a me e disse sotto voce: "Domani notte porterò le foto delle ferie." Si allontanò senza darmi il tempo di replicare. La sua era una tecnica o era così al naturale? Non poter replicare dà forza a chi ha proposto, lei non permetteva mai di replicare. Cercai di studiare un piano per la notte seguente, mentre il pomeriggio procedeva fra sguardi e sorrisini o indifferenza totale. Un'idea mi illuminò: mi sarei presentato con le foto del mio matrimonio.

La notte arrivò, purtroppo tutto era tranquillo, Sonia era giunta molto prima di me. Mi cambiai quindi con tranquillità, senza il pensiero di essere osservato, mi avviai lentamente e quasi rassegnato verso l'infermeria, già nauseato dalla scia del profumo. La luce che usciva dalla stanza sembrava una grossa fauce pronta a divorarmi, con denti aguzzi, affilati, una bocca dall'alito pesante, nauseabondo. Entrai, vidi Sonia già pronta con un album enorme, già perfettamente ordinato e catalogato. Immediatamente, appena mi vide, disse: "Pri-

ma guardiamo le mie foto! Siamo andati alle Eolie, erano bellissime, guarda dai!"

Mi posizionai accanto a lei, che cominciò a sfogliare: tutte
le foto erano rigorosamente in topless, il suo seno era esen-
te dalla forza di gravità, tondo, incredibilmente alto, incredibilmente rifatto, in qualunque posizione fosse, stava su
come un pezzo di marmo. Stonava con il resto del torace
magrissimo, le costole spuntavano come corde di chitarra,
le gambe invece erano più grossolane, oserei dire pesanti, il
corpo non aveva curve. Notai questo perché le foto erano almeno un centinaio, indossava svariati costumi, solo gli slip,
ridottissimi e tutti con colori chiari. Qualche volta compariva
insieme ad un uomo, il marito, un uomo alto, con il viso but-
terato, una foltissima chioma scura ed un naso adunco che
nascondeva degli occhi piccoli, color nocciola, mai un sorriso
sulle sue labbra sottili. Sonia continuò a mostrarmi le foto,
notai che con i capelli bagnati e senza trucco mostrava un'età
maggiore. Nelle immagini nessun paesaggio, nessuno scor-
cio di mare e poche foto insieme al marito. Iniziai a provare un disagio non ben definito. Perché mostrava quelle foto
a me? Perché aveva scelto me? Le sue proposte non erano
chiare, ma era evidente che era interessata: era innamorata
o le interessava solo il mio corpo? Capii il mio disagio: era
tristezza. Quelle foto, in quella situazione mi riempirono il
cuore di mestizia: nessun sorriso, nessun abbraccio, nessuna
emozione. Uscii dall'infermeria per fare un giro di controllo,
mi sentivo un po' idiota, perché avevo provato un attimo di
tenerezza nei suoi confronti, quindi rientrai e mostrai le foto
del mio matrimonio. Sonia guardò con indifferenza e ad un
certo punto disse: "Basta, voglio leggere, le foto del matrimonio sono tutte uguali." Mi lasciò di stucco. Riposi l'album
senza proferire parola, la mia tenerezza nei suoi confronti
scomparve. Poi estrasse dalla sua borsa "*Il tantra illustrato la*

ricerca dell'estasi" e io risposi con i *"Sommersi e i Salvati"* di Primo Levi. La notte proseguì tranquilla.

Smontando dal turno, Sonia volle a tutti i costi offrirmi la colazione al bar, quel giorno potevo fermarmi qualche minuto in più, anche se generalmente scappavo come un indemoniato, i cambi turno erano anche a casa, non solo al lavoro. Non volevo fare comunque il sostenuto e accettai cordialmente, avevo una fame terribile, avrei mangiato almeno tre croissant. Dopo una notte insonne e tesa per via della situazione, lo stomaco borbottava come una pentola di fagioli. Sonia ordinò un cappuccino con latte scremato e appena macchiato con caffè decaffeinato, si premurò di dirmi che il latte era meglio scremato, per via dei grassi e che il caffè, preso in eccesso e non decaffeinato, macchiava i denti. Dirmi questo mentre stavo per addentare il croissant era veramente di cattivo gusto, trovavo qualcosa di perverso nel suo modo di raccontare le cose. Notai che prese un croissant anche lei, ma il suo gioco di mordicchiare e tenere il bolo in bocca per molto tempo qui poteva reggere poco, quindi dopo qualche minuto disse: "E' fredda… non mi piace…!" e buttò il tutto nel cestino, con aria di stizza, lasciandomi di stucco. Salutai con cordialità e ringraziai, lei sembrava felice dell'accaduto. Andai a casa, ero stanco della sua presenza e del suo profumo. Raccontai tutto a mia moglie, che disse: "Da questa persona non mi aspetto nulla di buono." Mai profezia fu più azzeccata.

Quando non lavoravo e tenevo il cellulare acceso, gli squilli continuavano con grande frequenza, ormai sapevo che era Sonia, la sua giornata doveva essere enormemente vuota per dedicare tutto questo tempo a me. Non faceva squilli a casa, forse perché voleva un legame esclusivo con me o forse perché era gelosa di mia moglie, da me sempre descritta come compagna, amica, amante e mamma.

Durante i turni diurni, parlava poco con tutti, si limitava a osservare e, quando iniziava un discorso, era superficiale e si riferiva solo a estetica, moda o cose simili. Una volta, però, accadde qualcosa di diverso, che iniziava a rendere evidente aspetti caratteriali ed emotivi mai visti prima. Una collega, mamma di un bimbo di quattro anni, era affranta perché il figlio aveva problemi di salute e lei non poteva assentarsi dal lavoro: i permessi per malattia dei figli vanno da zero a tre anni e i suoi giorni di ferie erano terminati appunto per accudire il figlio. Mentre si parlava di questa situazione, Emma, la collega, mostrava gran dolore e preoccupazione, le profonde occhiaie e gli occhi rossi la dicevano lunga sul suo stato. Io percepivo grande sofferenza e, essendo papà, ero empaticamente legato a lei. Sonia sembrava irritata, probabilmente perché non le davo retta, ed esclamò con una cattiveria diabolica:

"I bambini non ti permettono di andare al mare, non ti permettono di andare dalla parrucchiera, ti svuotano il seno, riempiono di smagliature te e la casa di merda!"

Stava continuando, quando la collega la aggredì urlando: "Sei una strega, tu non hai cuore, mi fai schifo!" Sonia sorrideva strafottente, era evidente il gusto che provava nel mettere a disagio le persone. Rimasi allibito, presi le parti di Emma e la rimproverai: " Hai veramente esagerato, ti rendi conto di quello che hai detto?"

Andai via dall'infermeria irritato ed infastidito. Quella donna stava cominciando a tirare fuori il meglio di sé e questo non era ancora nulla.

Lei era tronfia del dolore inflitto, godeva come un cacciatore che aveva inferto il colpo finale ad una preda agonizzante. Poi prese una spazzola dalla borsa e iniziò a pettinarsi, ma un ultimo gesto mi riempì di nausea: estrasse il profumo e si inebriò di esso.

Il giorno dopo Emma si mise in malattia, Sonia sembrava raggiante, era riuscita a colpire nel segno, il suo sorriso splendeva come la luna quando è piena, in una serata invernale, gelida, circondata da un nero inquietante. Aveva colto il punto debole della collega e si era insinuata dentro di esso per aprire una ferita mai sanata. Emma in passato aveva perso un bimbo a causa di una leucemia, lei lo sapeva ed era proprio lì che aveva colpito, spietata e fredda, aveva atteso la sua preda.

Io mostrai indifferenza e distanza, palesavo la mia disapprovazione, cercavo di non rimanere mai solo con lei, la sua presenza m'inquietava davvero, mi sentivo scandagliato dentro, il suo sguardo passava sopra ogni oggetto e sopra ogni movimento e sussurro, voleva cogliere le debolezze altrui. Purtroppo rimanemmo soli e, a un certo punto, iniziò ad annusare l'aria. Pensai fra me e me: "Ecco che ora riparte con i feromoni!" Poi, senza guardarmi, dandomi il profilo disse: "Che buon profumo che c'è oggi, sento profumo di sesso, di lotta corpo a corpo, di umori maschili. Il tuo odore mi riempie tutta, è un odore di maschio mediterraneo. Sai ieri sono entrata nello spogliatoio maschile, ho annusato profondamente la tua maglietta, l'ho strofinata sul mio corpo, avevi sicuramente lavorato al mattino, vi era un impercettibile odore di fatica e di sudore. Tu hai fatto sicuramente sesso con tua moglie, ho percepito umori più intensi…"

A questo punto la interruppi.

"Primo: io con mia moglie faccio l'amore, cosa che tu forse non hai mai fatto. Secondo: tu sei matta da legare!" Andai via ostentando grande indifferenza, anche se in realtà ero furibondo. Cercai di buttare il tutto sull'ironia, grande arma di difesa, specialmente in questi casi "annusare la mia maglietta, meno male che non ha annusato i boxer, altrimenti avrebbe avuto un orgasmo immediato!" Questo non servì a farmi stare meglio, mi sentivo veramente scrutato dentro, osservato, spiato, era una sensazione orribile. Percepivo quel suo maledetto profumo addosso, addirittura dentro di me, nessuna doccia poteva lavare via quella sensazione di disagio e disgusto.

Il mio periodo in ospedale era finito, almeno per quel momento. Tornai in ambulatorio territoriale, ma non dissi nulla dell'accaduto, alcuni colleghi avrebbero preso me per matto. Ero stupito dalla scaltrezza e dalla lucidità di Sonia, non parlava mai di queste cose in presenza di altri, quando nominava profumi, odori, magliette, eravamo sempre soli. Gli squilli al cellulare ormai erano un'abitudine, mi stupivo quando non erano almeno una trentina al giorno... La mia vita cominciava a cambiare, infatti, irritato dal continuo squillare, spegnevo il telefono e questo comportava continue telefonate mie alla famiglia o ai parenti per sapere se tutto andasse bene. Qualche volta capitava che sentissi Sonia per telefono per motivi lavorativi, la sua voce non tradiva nulla, era sempre gentile e non faceva nessun riferimento all'accaduto. In reparto i suoi rapporti erano tesi con tutti o quasi, molti la detestavano per via del suo comportamento irrispettoso. In realtà la sua mancanza di rispetto era del tutto particolare, Sonia osservava, trovava un punto debole o una sofferenza e poi colpiva senza pietà. Lo scopo? Puro divertimento, tutto qui, usciva sempre pulita da ogni situazione, la sua freddezza era ormai quasi una leggenda, era addirittura temuta. Il mio pensiero constante era: "Dove colpirà me?" Qual era il mio punto debole? Cominciavo a temerla anch'io e questo era incredibile.

VI

Purtroppo dovetti tornare in ospedale, i miei turni coincidevano perfettamente con quelli di Sonia, ormai nessuno voleva lavorare più con lei ed era evidente che lei voleva lavorare con me. Non potevo cambiare i miei orari, erano organizzati in base a quelli di mia moglie e agli orari di entrata e uscita dalla scuola materna di mia figlia, cambiarli voleva sconvolgere la mia vita. La prima notte del mese arrivò con tutto il suo fastidio, ma Sonia non mi degnò di una parola, era molto interessata ad un libro, "Il Profumo", di Patrick Suskid, best seller del momento, forse si ispirava al contenuto di quel romanzo per avviare le sue torture psicologiche. "La prossima volta vengo a lavorare sporco e sudicio - pensai ridendo intimamente – e... se poi la eccito ancora di più?" Un senso d'impotenza emotiva stava prendendo possesso di me, anche se non parlava, la donna colpiva: la sua freddezza, il suo calcolare tutto, il suo scrutare abbigliamento, posture, movimenti, profumi, odori, vita privata, vita pubblica. Sembrava non riposarsi mai, doveva tenere tutto sotto controllo, questa era l'impressione che dava a me, impressione che non si rivelò del tutto sbagliata. La notte passò serena, nessun attacco da parte sua e di questo ero felice, pensai che la sua voglia di "me" fosse passata, finita. Se non mi aveva attaccato di notte, quando eravamo soli, non l'avrebbe più fatto, forse aveva trovato qualcun altro da "coccolare". Mi sentivo nuovamente libero, volevo essere di nuovo libero, mi sembrava di volare, non percepire più quello sguardo addosso era una cosa meravigliosa. Ovviamente, appena arrivato a casa, mi feci una doccia lunghissima per togliermi di dosso profumo e vecchi sguardi. Ero veramente raggiante.

Dopo i miei riposi, mi recai al lavoro, le mie giornate a casa erano sempre dense di emozioni e di lavori e questo favoriva il mio equilibrio. Quel mattino incontrai Sonia, che con me fu gentilissima come sempre. Vi era anche la collega Emma, che con estrema dignità e superiorità lasciò passare lo spiacevole episodio tra loro in cavalleria, benché Sonia ovviamente non avesse chiesto scusa. Mangiammo insieme durante la pausa e anche questa volta notai come la donna si rapportava con il cibo: usava un piatto molto piccolo, in modo tale che la porzione sembrasse più grande e poi, come ogni volta, masticava infinitamente il bolo, impastava con la lingua e deglutiva pochissime volte. Girava sempre la forchetta e allargava e stringeva il companatico, fino a sfaldarlo e a renderlo irriconoscibile, quasi mangiato ma in realtà solo torturato. Non dissi nulla, preferivo evitare ogni discussione con lei. Pensavo fosse tutto finito ormai e, arrivato a casa, la giustificai addirittura mentre parlavo di lei a mia moglie, la mia deformazione professionale a volte è esagerata. "E' una donna molto sola", dissi con energia. "E' sicuramente trascurata dal marito." Non volli aggiungere altro, anche perché io e Antonella passammo a "occupazioni" decisamente più interessanti.

Venne il mio turno di notte, sapevo che avrei lavorato con Sonia, ma ero tranquillo. Il caldo era insopportabile, l'afa faceva appicicare gli abiti addosso, si sudava anche a respirare. L'ospedale, essendo un ex sanatorio, era situato in aperta campagna, circondato da prati e da boschi che ospitavano nugoli di zanzare, che di notte migravano presso l'abitato per soddisfare la loro sete di sangue. Per ovviare a questo inconveniente, portavo con me delle piastrine che emanavano un leggero profumo di fiori, che, però, poco contrastava con quello di Sonia, ancora più abbondante, ancora più speziato. Probabilmente non si sarebbe avvicinato nemmeno uno sciame di pappataci digiuni da una settimana. Ridevo dimenticando o almeno volendo dimenticare un particolare fondamentale: la preda ero io e la cacciatrice era lei. Mi accorsi con estremo terrore che Sonia era più decisa che mai ad avermi. Il suo profumo la precedette, una leggerissima brezza portò l'aroma acuto alle mie narici, poi si presentò lei, con abito molto casto, nonostante il caldo, ma leggerissimo e trasparente. Una mantellina altrettanto leggera copriva le sue spalle e scendeva poi fino ai fianchi, lasciando immaginare curve inesistenti. Salutai, cercando di non lasciare trasparire la mia preoccupazione, presi consegna e andai a cambiarmi. Lei mi seguì ed entrò nello spogliatoio femminile, fintamente incurante. Mi spogliai. Probabilmente, anzi, sicuramente mi spiava attraverso le fessure ed io non feci nulla per ostacolare la sua vista, perché volevo essere il più naturale possibile. Uscii dallo spogliatoio con il suo sguardo attaccato addosso e mi recai in infermeria. Poco dopo Sonia mi raggiunse, non disse nulla, tanto sapeva che fra pochi minuti saremmo stati soli. Il medico di guardia era in un'altra ala del reparto e veniva chiamato solo in occasione di bisogno effettivo, ma io feci un estremo tentativo, volevo rimanere solo con lei il meno possibile. Chiamai Siro, un mio collega, con la scusa di prendere un caffè insieme.

"Sonia, qui è tutto tranquillo, vado in cucina un attimo, prendo un caffè e torno!"

"Certo, fai con comodo!" Mentre parlava sorrideva, sapeva che la pausa caffè, per quanto lunga potesse essere, non poteva durare tutta la notte. In effetti la pausa fu breve, troppo breve per me. Al mio ritorno, essendo fuori dalla protezione delle piastrine, una zanzara si precipitò su di me e, dopo aver succhiato avidamente, mi lasciò un enorme pomfo irritato e tanto prurito. Rientrato in infermeria cercai della pomata antistaminica per alleviare la spiacevole sensazione e subito Sonia si avvicinò, cercando lei la pomata per me.

"Nessun problema è solo una puntura di zanzara, non un morso di leone, passa, lascia stare!"

"No, cerco io!" rispose lei, sempre sorridendo.

Io uscii, ero a disagio, non ero più padrone della situazione, i miei movimenti erano goffi e impacciati, il suo sguardo mi aveva nuovamente spogliato, denudato, mi aveva strappato i vestiti di dosso con violenza calcolata, mi sentivo nudo davanti a lei che mi guardava anche da lontano. Non sapevo che cosa fare, che cosa dire, come agire, la mia mente girava vorticosa, non trovava nessuna soluzione. Ad un certo punto, dopo essere entrato già due volte nelle stanze, pensai fra me e me: "Ora basta, adesso le dico tutto, deve smetterla di guardami così!" Poi, a pensarci bene, era meglio stare zitto. In fondo guardava soltanto, non vi era nessun reato, avrei fatto veramente una pessima figura: era incredibile come io fossi condizionato da lei. Rientrai in infermeria con aria indifferente e, per evitare qualunque contatto visivo e fisico, iniziai a sistemare un armadio, infilandovi la testa direttamente dentro, come uno struzzo. Sonia continuava a guardarmi, poi disse con una vocina da gatta morta: "Pomata non ce n'é, mi spiace tanto, ma si può rimediare al prurito lo stesso, bisogna distrarsi, non pensarci e fare qualcosa di piacevole."

"Lo sto già facendo, io adoro sistemare gli armadi, specialmente di notte." Dopo quella affermazione mi sentii veramente imbecille: a chi può piacere sistemare gli armadi di notte? La scusa reggeva poco e metteva in evidenza tutto il mio imbarazzo e fastidio, nutrimento per Sonia, che con il suo profumo aveva già invaso il mio spazio vitale. Avevo ottenuto l'effetto contrario di ciò che volevo ottenere.

"Non ti mangio, rilassati!" disse lei.

Sentivo il suo sguardo dentro di me, ma passò oltre, non mi

sfiorò nemmeno. Andò a sedersi su una sedia, lasciando sempre lo sguardo sopra e dentro di me. Continuavo ad entrare ed ad uscire dall'infermeria, andavo in bagno,controllavo continuamente i pazienti, che essendo, poverini, quasi tutti affetti da depressione, non si muovevano dal letto nemmeno con le cannonate. Non capivo cosa volesse da me, ad ogni mio ingresso in infermeria la trovavo sempre lì ferma a fissarmi con un sorriso stampato sulle labbra, che mordicchiava quasi con voglia. Più non capivo e più il mio comportamento era anomalo, poco naturale. Il tempo passava con una lentezza incredibile, il quadrante dell'orologio era consumato dal mio di sguardo, avrei spinto le lancette con gli occhi, occhi che ormai erano rossi e irritati dalla luce al neon e da Sonia.

Erano le sei e trenta, fra poco sarebbero arrivati i colleghi per il cambio turno, ero stremato e confuso. Che cosa voleva? Non aveva detto nulla per tutta la notte, poi ad un certo punto esclamò: "Ci sono riuscita, sì ci sono riuscita! Ho sentito il profumo della tua rabbia, del tuo imbarazzo. Era quasi palpabile, trasudava dai tuoi inguini. Lo si poteva quasi vedere, avrei voluto sentire altri profumi, ma per ora mi accontento. Hai fatto bene a mettere i boxer, il profumo si libera meglio, arriva più puro alle narici. Devo ammettere che ho immaginato altro mentre pulivi l'armadio, mi sono eccitata tantissimo, ma tu non sai sentire i profumi, non li sai seguire nell'aria. Pazienza!Se vuoi ti insegno, sapessi come è bello, eccitante…!"

Ero completamente sbalordito, lavoravo da anni in psichiatria, ma una cosa del genere non l'avevo mai sentita dire, non riuscivo a capire se scherzasse o no. Cercai di rimanere tranquillo per non emanare altri odori ed esclamai: "A me queste cose non interessano, sono grezzo, amo le cose semplici oppure non sento gli odori, perché il tuo profumo copre ogni cosa."

Sonia rimase di sasso e con il suo solito sorriso disse: "So che ti piace, ho sentito anche questo." Si voltò e andò via, non concedendo repliche.

Arrivarono i colleghi, ovviamente non dissi nulla dell'accaduto, fui frettoloso e andai via. Una volta in auto squillò il cellulare più volte, quindi risposi: era Sonia.

"Dormi bene, a presto!" e staccò.

Arrivato a casa, m'infilai sotto la doccia, mi strofinai fino ad irritarmi, lavai ogni centimetro del mio corpo, insaponavo e sciacquavo, come un malato affetto da fobie di contaminazione. Una volta asciutto spruzzai del profumo, insultandomi più volte. Non riuscivo a dormire, ero troppo teso e nervoso. Quindi andai in un parco con mia figlia. La giornata era splendida, il cielo era azzurro intenso, l'aria calda ma piacevole, senza umidità, spingevo la bambina sull'altalena, guardavo i suoi capelli svolazzare leggeri nell'aria, il suo viso era bellissimo, paffuto, era un piacere vederla, tuttavia niente riusciva a distogliere il mio pensiero da quella notte, da quell'incubo ad occhi aperti. Mi chiedevo se Sonia avesse veramente sentito dei profumi e che tipo di profumi si emanassero attraverso i boxer e la divisa, mi sembrava tutto impossibile, eppure lei sembrava veramente convinta di ciò che diceva. Volevo parlare con qualcuno, confrontarmi, discutere, l'ambiente lavorativo, però, non mi permetteva questo. Il folle sarei stato io di sicuro, il matto, il narcisista, essendo anche attore, i soprannomi non si sprecavano. Parlare con qualcuno, ma con chi?

Il cellulare continuava a squillare come impazzito, sapevo chi era ormai. La situazione era veramente kafkiana, un vero incubo e questo era solo l'inizio.

VII

Il mio periodo in ospedale finì, presi qualche giorno di ferie, avevo bisogno di staccare la spina, come si suole dire, dal lavoro, dallo stress e da Sonia. Le giornate erano magnifiche, il sole scaldava corpo e anima, approfittai di questo clima per uscire con mia figlia Rebecca. I parchi erano semivuoti, le ferie svuotavano le città, tenevo il cellulare rigorosamente spento e, se avevo bisogno, chiamavo dalle cabine telefoniche. Poi mi dedicai a dei lavori di giardinaggio: questa attività mi rilassava e diventai scuro ed abbronzato come se fossi stato al mare. Il mio stato d'animo era altalenante, oscillante, a volte ero completamente rilassato e disinvolto, a volte impacciato, teso, chiuso, preoccupato. La sensazione di sentirmi osservato era terribile, mi metteva addosso un forte disagio. Spesso alzavo gli occhi oltre la siepe, guardavo i prati e la piccola stradina che li costeggiava. Cominciavo a temere per la mia famiglia, anche se apparentemente non ne avevo nessun motivo. Convinsi mia moglie a fare una grossa spesa: le inferriate alle finestre e alle porte. La cosa buffa era che, mentre le montavo insieme agli operai, ridevo per questa mia esagerata sicurezza e, per non farmi notare, guardai oltre l'orizzonte, dove un magnifico bosco di pioppi si eleva pettinando il cielo con le sue fronde. La sensazione di freschezza era bellissima, ma qualcosa m'insospettì. Subito non ci feci caso, poi vidi una figura che si avvicinava e girava all'interno del boschetto. Pensai ad una signora che voleva raccogliere erbe particolari o qualcosa del genere, quando però fu ancora più vicina, trasalii: era Sonia, proprio lei! Benché lontana, la riconoscevo benissimo. Con apparente calma entrai in casa e dall'interno cercai di vedere cosa stesse facendo: stava passeggiando sotto gli alberi e ogni tanto guardava verso casa mia con un binocolo. Fui colto da una rabbia mai avuta prima, corsi immediatamente da mia figlia, vidi che stava bene, ma improvvisamente la mia voglia di ridere sparì divorata dalla rabbia. Da quanto tempo Sonia era fuori a guardare? Che cosa aveva visto? Non potevo fare nulla, nessuna legge vieta di passeggiare nel bosco davanti a casa mia. Ero contento solo per la spesa delle inferriate, mi sentivo un po' più sicuro, la mia mente si poneva domande per cui era impossibile avere risposta. Che cosa voleva da me? Voleva il mio corpo o voleva solo giocare, era folle o no? E perché aveva scelto me? Avevo forse lasciato degli spazi in cui era possibile insinuarsi? Dove avevo sbagliato? Sonia intanto aveva realizzato il suo scopo, si era fatta vedere da me e io avevo visto lei, poi era sparita. Mi precipitai nuovamente sul balcone e la cercai guardando vicino alla ringhiera, quindi tornai di corsa da mia figlia Rebecca e l'abbracciai forte. Nuovamente uscii sul balcone, ma di lei nessuna traccia. Il bosco era deserto, fra i tronchi solo aria e i miei pensieri. Il campanello suonò facendomi sussultare, era Antonella che rientrava dalla spesa. Non volli raccontare nulla, non volevo spaventarla o turbarla. Cosa avrei potuto dire? Il bosco ormai era vuoto, sembrava che Sonia conoscesse i nostri orari, le entrate e le uscite da casa. Mia moglie mi vide un po' turbato, ma dissi che ero stanco, poi la convinsi ad andare in un vivaio. Acquistammo trenta piante di lauro, che stipammo in auto, piante ancora piccole per contenere il prezzo. Appena tornati a casa, mi misi immediatamente al lavoro. Presi gli attrezzi e cominciai a scavare e a posizionare le piante, per costruire una siepe. Ero a torso nudo, sudavo come un detenuto ai lavori forzati, davo l'impressione di un selvaggio. Chissà se i miei inguini emanavano feromoni o se le mie gocce di sudore evocavano qualche desiderio? Mi era tornato il buonumore, mentre lavoravo guardavo mia moglie e mia figlia che giocavano allegramente, questo mi dava forza e mi caricava. Forse Sonia stava guardando, eppure in quel momento ero io che volevo farmi vedere. Il messaggio era chiaro: di qui non passa nemmeno lo sguardo, nemmeno i tuoi pensieri, le piante di alloro anche se piccole, se innaffiate regolarmente e se scaldate dal sole, crescono in fretta!

Quella notte feci l'amore con grande intensità, volevo che Antonella capisse che io appartenevo a lei soltanto. Dopo qualche ora andai in giardino per verificare che tutto fosse tranquillo e in ordine. Feci un ultimo passaggio nella stanza di Rebecca: era tutto a posto. Tornai a dormire non del tutto sereno, ma contento del mio lavoro di giardiniere e di fabbro. Le inferriate, pur chiuse, facevano vedere l'orizzonte ed il bosco a strisce e mi davano sicurezza. Nonostante questo,uscii ancora un momento in giardino. Controllai palmo a palmo tutto il perimetro della casa, guardai anche oltre la siepe, tuttavia il buio impediva di vedere oltre pochi metri. Mi sentivo un po' stupido nel fare questo. Improvvisamente uno squillo attirò la mia attenzione: era il telefono di casa. Mi precipitai preoccupatissimo e affannato e immediatamente smise di suonare. Fortunatamente né mia moglie né mia figlia si svegliarono. Io passai la notte insonne, in preda a pensieri terribili, non poteva che essere stata Sonia. Appena fu mattina, telefonai alla società di competenza per sapere quale fosse l'ultimo numero che aveva chiamato casa: ovviamente era criptato. Non volevo nemmeno cambiare numero, il costo era elevato e del tutto inutile, avrei dovuto lasciarlo ugualmente al lavoro, quindi sarei stato rintracciabile. Il senso d'impotenza che provavo in quel momento era endemico, non vedevo alcuna via d'uscita. Era stupida follia o lucida follia? Anche la paura ormai era presenza fissa, giorno e notte.

Mi recavo in ambulatorio per lavorare e spesso cambiavo strada e partivo ad ore diverse. Ormai la mia vita era condizionata, rientravo di corsa a casa appena finiva il mio orario di lavoro. Non ero preoccupato per me ma per la mia famiglia, conosco bene la patologia psichiatrica e so che è difficilissimo che un paziente possa aggredire qualcuno, se non in preda ad un delirio o un raptus improvvisi. Il paziente psichiatrico non è come descritto nei film, è sofferente, non gode nel perseguitare o nel far soffrire gli altri. La situazione era diversa in questo caso: Sonia era lucida, calcolatrice, programmatrice, studiava ogni particolare, agiva sempre con uno scopo preciso, aveva sempre un piano dietro ogni sua azione, dietro ogni suo gesto. Conduceva una vita faticosa: tenere tutto sotto controllo è dispendioso, ma lei non aveva altro da fare. Quella era la sua vita, quella era la sua follia.

VIII

Quell'estate le giornate furono magnifiche, il cielo era di un azzurro intenso e l'umidità non opprimeva il corpo. Per godere del sole gonfiammo una piccola piscina in giardino, così io e Rebecca potevamo giocare al riparo della siepe. Spesso il mio sguardo andava oltre, cercavo Sonia fra gli alberi, volevo tirarla fuori dalla mia mente ma il suo pensiero mi opprimeva. Mia moglie notava che la mia serenità era incrinata, eppure non volli raccontare gli ultimi episodi, speravo che tutto finisse in un attimo, come se nulla fosse accaduto.

Giunse il mese di settembre. Dopo un agosto pieno di squilli al cellulare e di cambi di strada, per una settimana non accadde nulla, il vuoto assoluto. Non riuscivo a credere alla libertà recuperata senza alcun intervento. Purtroppo dovetti andare in reparto. Quindi mi armai di coraggio e pazienza. Un mattino di lavoro mi aspettava, con tutta la sua pesantezza. Appena entrato mi accorsi che qualcosa non quadrava: respiravo a pieni polmoni e con mio sommo piacere mi resi conto che il profumo di Sonia non era nell'aria. In infermeria i colleghi mi dissero che era in ferie, doveva traslocare e sarebbe stata assente per un po' di tempo. Dopo l'euforia accuratamente nascosta mi colse il panico, che con tutti i suoi devastanti sintomi s'impadronì di me. Pensai che la casa accanto alla mia e molte altre ancora erano ancora disabitate, vuote, in attesa di essere acquistate o affittate. Immediatamente telefonai a mia moglie e con una scusa chiesi se vi erano movimenti nelle case limitrofe. Antonella non capiva il motivo di questo mio interesse, poi, fortunatamente, un collega mi disse che Sonia sarebbe andata ad abitare in un paese limitrofo al mio, poco distante. La cosa mi tranquillizzò molto, o meglio, volevo essere io tranquillizzato dai miei stessi pensieri.

"Sicuramente ora avrà altro a cui pensare: tende, arredamento, dovrà riordinare tutto." Questo era quello che desideravo...

Mi dedicai con maggior ardore ai lavori casalinghi, io e mia moglie eravamo molto stanchi ma questo non impediva di godere delle gioie della vita e soprattutto del nostro amore.

Dovetti ammettere, però, che Sonia era in parte riuscita nel suo intento. Ero sicuro che l'intimità della mia famiglia non era stata violata, ma lei era riuscita a farsi pensare, anche intensamente. La notte non era più serena e il sonno non era più ristoratore come in passato, ogni guaito di cane mi faceva sussultare e ogni rumore mi turbava dentro, mi inquietava e portava il mio pensiero alla follia della mia aguzzina. Chissà dove era in quel momento, se, protetta dal buio, scrutava il nostro vivere dietro le tende o se, nascosta dalla siepe, ascoltava l'ansimare, il respirare, il vivere?

Un sabato sera, mentre mia moglie lavorava, io e Rebecca andammo in pizzeria. Nonostante fosse settembre inoltrato, le giornate erano calde e luminose, le foglie erano ancora verdi e il cielo stranamente era azzurro intenso. Era un piacere abbandonarsi ai raggi del sole, quindi ci accomodammo nel dehor. Arrivate le ordinazioni, cominciai ad addentare con voglia la mia favolosa pizza guarnita con salamino piccante e abbondante peperoncino. Stavo gustando il suo magnifico sapore, quando vidi avvicinarsi Sonia: il mio boccone andò di traverso e presi a tossire per non soffocare. La donna era vestita con un abitino corto panna, ancora estivo, delle minuscole bretelle mettevano in evidenza un torace troppo magro e ossuto ed un'abbronzatura scurissima, color bronzo, innaturale, sicuramente frutto di lampade esagerate. Come sempre la sua capigliatura era apparentemente disordinata ma in realtà studiata e costosa. Le scarpe con un tacco esagerato si sforzavano di slanciare gambe troppo grosse per quel corpo, la borsa griffata color beige si intonava perfettamente ad esse.

Con un sorriso trionfante si sedette al nostro tavolo, fra la mia incredulità e lo sguardo stupito di mia figlia, che mi guardava interdetta e intimorita per questa intrusione improvvisa ed inaspettata. Immediatamente esordì così: "Non ti preoccupare, ho già ordinato." Io non potevo ribattere con energia, non era mia intenzione litigare davanti a mia figlia, non potevo nemmeno dire che avevamo finito di pranzare, perché la pizza era ancora intera e fumante nei piatti.

"Che cosa vuoi? Noi vogliamo restare soli!"

Nel frattempo arrivò la sua insalata, poi, senza rispondere, tirò fuori dalla borsa un peluche e lo porse alla bambina, che fortunatamente non accettò il pensiero e disse: " Papà andiamo a casa!" Sonia, senza degnarmi di uno sguardo, cominciò a riempire Rebecca di complimenti, ma le sue parole stonavano, erano complimenti poco adatti ad una bambina. La mia rabbia montava sempre più, stavo per esplodere, le orecchie mi fischiavano e la testa mi scoppiava. Chi mi trasse d'impaccio fu nuovamente mia figlia che, a voce alta, disse nuovamente: "Papà, andiamo via!" Non lasciai sfuggire questa seconda occasione, la presi in braccio e con un grosso sorriso cercai di avviarmi alla cassa, mordendomi la lingua per non infierire. Sonia, messa alle strette, gridò ad alta voce: "Devi dire alla mamma che oggi avete fatto cena con me, con Sonia, mi raccomando diglielo!" La mia rabbia stava per esplodere, il cuore batteva come un tamburo battuto con un ritmo tribale africano. Che cosa potevo fare davanti a tutta quella gente? Avrei voluto prenderla a schiaffi, tuttavia questo avrebbe solo aggravato la situazione e poi davanti a mia figlia era meglio mantenere la calma.

Andai a pagare. Il cassiere, che mi conosceva, intuì che qualcosa non andava per il verso giusto, ma non immaginava nulla sulla gravità della situazione.

Ci avviammo verso casa digiuni e arrabbiati, con un'altra sorpresa in agguato: dallo specchietto retrovisore vidi Sonia che con la sua auto ci stava seguendo. Cercavo di rispondere alle domande di mia figlia, che non capiva la situazione.

"Papà chi era quella signora?Che cosa voleva da te?"

"Stai tranquilla è una persona malata, cercava la nostra compagnia, nient'altro!"

Nel frattempo mi avventurai in strade e traverse sconosciute anche a me, allungai il tragitto, infilai la tangenziale e, appena dentro, spinsi sull'acceleratore riuscendo a disperdere Sonia. Ero visibilmente irritato, cercai di non trasmettere questa sensazione a Rebecca. La mia mente tornò all'accaduto. Cercai di capire cosa fosse accaduto in realtà, andavamo in quella pizzeria da anni e generalmente sempre allo stesso orario alle 19.00 precise, per evitare la ressa. Come faceva Sonia a sapere questo? Sembrava tutto frutto di un programma studiato nei minimi particolari. Da quanto tempo ci seguiva? Che cosa sapeva ancora? Quale mossa avrebbe fatto?

Arrivati a casa, sistemai la bimba nel letto e poco dopo si addormentò. Sicuramente l'accaduto non aveva inciso più di tanto. Appena Rebecca si fu addormentata il telefono squillò, una, due, tre volte,quindi non era Sonia. Era Antonio, il collega anziano che voleva chiedere un cambio turno. Approfittai dell'occasione per scaricare un po' la tensione e raccontai l'accaduto con dovizia di particolari, dicendo inoltre che la cosa sembrava studiata a tavolino. Un silenzio gelido lungo un'eternità e poi: "Ma sei sicuro?" Mi sentii gelare dentro, la mia rabbia ora si era trasformata in frustrazione e impotenza, nemmeno lui mi credeva, nemmeno lui. Sentivo la sua distanza, la sua freddezza, la sua derisione. Con enorme difficoltà mantenni la calma e mi congedai. Ero vittima di una situazione terribile, eppure non ero creduto, anzi ero addirittura deriso.

Mentre Rebecca dormiva, mi spogliai, gettai immediatamente gli indumenti in lavatrice senza badare ai colori, volevo disinfettarli dallo sguardo di Sonia. Feci lo stesso per gli abiti della bambina, poi una doccia lunga un'eternità nel tentativo di togliere tracce di profumo, tracce di occhi, tracce di cattiveria. Quando arrivò mia moglie, la accolsi come sempre, non raccontai nulla, avevo paura di un'ennesima beffa, di un'ennesima derisione. Con una scusa banale uscii di casa e imboccai la tangenziale. Iniziai a correre con i finestrini aperti per fare urtare l'aria sul viso, la mia mano giocava con la velocità del vento, la facevo roteare su e giù come un aeroplanino in balia dell'aria, come me, che in quel momento ero in balia di una situazione che mi stava sfuggendo di mano. Non avevo una meta fissa, correvo e basta. Rientrai a casa dopo tre ore circa di viaggio ininterrotto, abbracciai Antonella e, quando la piccola si riaddormentò, volli fare l'amore con lei e, anche se la stanza era al primo piano, controllai meticolosamente porte e finestre, chiusi tapparelle ed inferriate. Mi sentivo un perfetto idiota, ma non sapevo cosa fare, questo mi sembrava l'unico modo per difendermi.

Il giorno dopo andai a lavorare in ambulatorio, partii un quarto d'ora prima del mio solito orario. Cambiai strada più volte e più facevo così più aumentava il mio senso d'impotenza. Sarei dovuto andare in ogni caso in ambulatorio, quindi allungare il tragitto era del tutto inutile. Pensai di andare dai carabinieri, ma, visto l'esito della chiacchierata con Antonio, tenni questo pensiero per me. Iniziai a lavorare alacremente,distrarmi da questa situazione era sicuramente utile. Poi il cellulare suonò: una, due volte. Comparve un numero, quindi risposi con sicurezza e tranquillità: "Pronto!" Una voce melliflua rispose: era Sonia.

"Sei arrabbiato con me? Perché sei andato via? La tua pizza doveva essere buonissima e poi mi hai fatto lasciare l'insalata..."

Io riattaccai senza nemmeno rispondere, il mio cuore batteva a mille all'ora. Dove era in quel momento? Perché non criptava il numero? Telefonai subito a casa ostentando tranquillità. "Ciao, tutto bene? Che fate di bello?"

"Tutto bene, tu piuttosto sembri agitato!"

"No, tutto bene. Mattinata pesante, nessun problema, davvero!" Dopo aver riattaccato, mi affacciai alla finestra: Sonia non c'era e questa fu una fortuna. L'avrei usata volentieri come bersaglio se avessi avuto un fucile. Altro che buon senso! La voglia di schiaffeggiarla era enorme, la voglia di gettare addosso a lei tutta la mia rabbia stava crescendo di giorno in giorno.

IX

Il tempo passava fra lunghi silenzi e continui squilli, era
ormai autunno inoltrato e nei momenti di quiete io e mi figlia andavamo in un immenso parco, dove scoiattoli affamati
prendevano le noci direttamente dalle nostre mani. Ci diver-
tivamo tantissimo a camminare e correre sopra i tappeti di
foglie secche, adoro il crepitio che creano, trovo un piacere
che sa di antico, di infanzia. Anche mia figlia si divertiva,
divertimento effimero ma rilassante. Cielo grigio, aria fresca
e umida, ma tutto molto bello specialmente per la compagnia di Rebecca. Ad un certo punto il telefono squillò. Ero
reperibile, quindi la possibilità che squillasse, a prescindere
da Sonia, erano alte. Comparve il numero dell'ospedale. Un
senso di fastidio mi prese, nonostante fossi preparato al peggio, un collega mi comunicava che dovevo andare a svolgere
il turno notturno, perché la collega Emma, che in precedenza
era stata attaccata già da Sonia, aveva subito un altro attacco
da parte sua e lei, non sentendosela di lavorare in sua compagnia, si era messa in malattia. Questo voleva dire che io
dovevo andare a fare la notte con la mia persecutrice.

Immediatamente pensai al fatto che il litigio era stato studiato a tavolino nei minimi particolari. Mi rendevo conto che
davo a Sonia un'importanza esagerata, ma ero profondamente convinto che la situazione fosse stata studiata, anche
perché il mio turno effettivo in reparto era a gennaio, quindi le possibilità di vedermi erano veramente scarse, a meno
che non combinasse altri incontri in pizzeria o altro, anche

se questo era più difficile perché avevo cambiato abitudini. Condizionato dall'ultimo evento, andavo a mangiare in pizzerie diverse, non facevo mai la solita strada, imboccavo la tangenziale, uscivo immediatamente, tornavo indietro: ero un perfetto paranoico, conscio che la mia vita era mutata dopo l'incontro con Sonia.

Mi rassegnai, non potendo fare nulla di diverso. Mi recai al lavoro, evidentemente irritato e infastidito. Prima mi feci una lunghissima doccia, usando sapone e bagnoschiuma abbondanti, poi misi un profumo dozzinale che qualche parente mi aveva regalato per Natale. Ai primi spruzzi iniziai a sorridere, quando poi arrivai al deodorante per le ascelle scoppiai in una risata fragorosa, pensando che, secondo Sonia, era da quella zona che si emanavano la maggior parte dei feromoni. La risata attirò l'attenzione di mia moglie, perciò raccontai una bufala per giustificare il mio comportamento. Ovviamente continuai, rimasi sulla stessa lunghezza d'onda e indossai una maglietta bianca, poi completai l'opera indossando degli slip bianchi. Non volevo avere nessun colore addosso che attirasse l'attenzione libidinosa di Sonia. Mi sentivo un po' stupido, ma la situazione imponeva un minimo intervento. Arrivai in ospedale puntuale, la collega, però, non era ancora presente. Si presentò dopo un quarto d'ora circa, irritando i colleghi che furono costretti ad aspettarla, era evidente ormai che provava gusto a infastidire gli altri. Indossava un abito nero di fattura pregiata, che fasciava il suo magrissimo corpo. Un'ampia scollatura triangolare faceva notare o cercava di mettere in evidenza un seno finto, sostenuto, oltre che dal silicone, anche da un sostanzioso reggiseno. Il pizzo rigorosamente bianco, ricamato con un motivo floreale luccicava e spiccava, in quanto spruzzato di brillantini. L'abito scendeva fin sotto il ginocchio e svelava parte delle gambe, che Sonia cercava di mettere in mostra, sedendosi, accavallandole, atteggiandosi a donna fatale. I movimenti dovevano essere sensuali, in realtà erano patetici e mi riempivano il cuore di tristezza. Le scarpe nere si abbinavano alla borsa ed al soprabito e l'acconciatura, molto curata, lasciava cadere sulle spalle una serie di boccoli freschi di parrucchiera. Ovviamente il tutto era annaffiato dal suo immancabile profumo.

Era chiaro che la sua intenzione era di provocarmi sessualmente, era convinta di piacermi, io non riuscivo a farle capire che in realtà non mi piaceva per nulla.

Entrai nello spogliatoio e mi cambiai velocemente e tenendo gli sportelli aperti, non avevo voglia di essere guardato nella mia intimità, ero infastidito. Sonia mi raggiunse in infermeria e chiese se poteva occuparsi lei delle terapie, così io mi sarei occupato della farmacia e di altro. "Nessun problema!" risposi io. Il medico di guardia poco dopo si ritirò nella sua stanza, in attesa di chiamate o urgenze. I pazienti dormivano tutti, anche troppo, qualcuno era piombato in un sonno poco naturale. Rimanemmo soli e io feci più giri per controllare e per stare lontano da Sonia e dal suo profumo. Tutto taceva maledettamente, il suono del silenzio mi riempiva le orecchie con un vuoto assoluto, quindi mi appropinquai a sistemare un magazzino adiacente all'infermeria. Mentre ero preso da flaconi e garze, un profumo conosciuto invase le mie narici. Mi voltai lentamente e vidi la donna appoggiata allo stipite della porta,con lo sguardo fisso su di me, precisamente sui miei genitali.

"Ciao, perché mi eviti? Hai paura di me? Io conosco i tuoi sentimenti, le tue voglie, basta lasciarsi andare...basta poco!" Rimasi impietrito, come se avessi incrociato lo sguardo di Medusa, era la prima volta che andava diritta all'argomento senza veli o metafore. Volevo urlare un no sonoro e imperioso, ma la situazione imponeva calma e lucidità. Allora con un timido sorriso sulle labbra risposi:

"Sono lusingato per la tua proposta, ma preferisco evitare ogni situazione che possa mettere a repentaglio la mia famiglia. A casa ho tutto ciò che voglio: amore, sesso, divertimento... tutto, proprio tutto. Sono innamorato di mia moglie!" Ero sopra una scala e, visto che il suo sguardo non si scollava dai miei genitali, mi voltai dandogli le spalle. Il mio atteggiamento era chiaro, la comunicazione non verbale a volte è più forte di quella verbale. Sonia si avvicinò, sentivo i suoi passi e il suo profumo, poi esclamò: "Perché gli uomini sono così stupidi? Conosco i tuoi sentimenti, so che mi desideri, il tuo odore parla chiaro, il tuo petto, il tuo bosco sono una fonte di profumi, vorrei perdermi dentro di loro. Il tuo petto esprime potenza, voglia, lussuria. Ti ho visto in costume, ho visto la tua quercia, quanti peli hai! Li morderei uno ad uno! Ti ho visto in costume, ho contemplato i tuoi glutei...che forza! Chissà che colpi sai dare..." Mentre diceva questo, il suo sguardo non mi mollava un attimo. Io ero senza parole, senza fiato, senza difese, intrappolato in un angolo, chiuso da mura, parole, profumi. Si avvicinava mordendosi le labbra, le sue mani si toccavano i seni.

"Sì mio, sei mio...lo so che mi desideri..." Che potevo fare? Tutta la mia esperienza psichiatrica svanì nel nulla.

"Sonia, ti stai sbagliando, io non ti desidero affatto, continuo ad essere lusingato dai tuoi complimenti, ma ti sbagli, non ti desidero!".

Nel frattempo avevo messo fra me e lei un grosso scatolone di pannoloni, barriera effimera, ma non sapevo come difendermi.

"Ho visto tua moglie: quella per te è una donna? Sta sempre dietro alla bambina, veste male, come una pezzente. Guarda cosa posso offrirti io! Siamo destinati ad incastrarci, noi siamo un corpo unico, questo è il nostro destino! Non fuggire, lasciati andare, fammi vedere la tua arma vincente!"

La sua mano si insinuò dentro la divisa e, dopo aver sbottonato alcuni bottoni, un seno fece capolino. A quel punto la mia paura e irritazione crebbero, la mia voce tremava e dalla mia bocca uscirono parole forti: "Adesso mi hai rotto i coglioni! Io appartengo a mia moglie, la mia quercia anche, il mio corpo pure! Vattene! Fammi passare, vattene!"Sonia continuava ad avvicinarsi, parlare era del tutto inutile. Quindi presi degli scatoloni e li gettai a terra da un alto ripiano, poi feci cadere altre confezioni di flebo di vetro, provocando un gran trambusto che arrivò alle orecchie del medico, che poco dopo entrò in infermeria spaventato. Ero dietro scatole mal ridotte. A quel punto Sonia cambiò espressione e atteggiamento e insieme al medico mi aiutò ad uscire. Sembrava tutto un incidente, la scala aveva ceduto e aggrappandomi per non cadere, tutto era crollato. Io ero visibilmente confuso dall'atteggiamento di Sonia. Il collega non si accorse di nulla, la mia tensione poteva essere riferita alla caduta di parte del magazzino. Non potevo raccontare le parole della donna, non sarei stato sicuramente creduto. Ero spaventato non dagli scatoloni ma dalla collega, che ora stava raccontando una storia del tutto credibile e sembrava addirittura preoccupata per la mia salute. Il medico mi chiese se volevo andare a casa, ma io risposi di no: erano le tre del mattino, trovare una sostituzione a quell'ora mi sembrava esagerato. Anche Sonia si oppose, ovviamente. Dopo qualche piccola medicazione che mi praticai da solo, rimanemmo nuovamente soli. Il particolare che mi colpì, però, fu che, nonostante il gran trambusto, nessun paziente si era svegliato. Lei si allontanò dall'infermeria, e si posizionò nella zona del refettorio. Camminando lenta si sedette, anzi si accovacciò su un divano. Non guardava più nella mia direzione, le sue mani si portarono al viso, sembrava piangesse. Il buio e le mani mi impedivano di vedere la sua espressione. Ero confuso, mi sentivo anche in colpa per le parole le avevo detto e il trambusto che avevo combinato, forse avrei potuto evitarlo. Accovacciata così, raccolta e rannicchiata, sembrava una bimba a cui hanno rubato una bambola, era ferita. Presi coraggio e mi avvicinai cauto. Avevo paura di scatenare una nuova guerra dei sensi, ma volevo chiarire con calma. La sentivo mugolare, "starà piangendo" pensai io. La vicinanza e la luce della torcia mi permisero di vedere meglio, non una lacrima scendeva dai suoi occhi. Sonia, una volta che fui a portata di sguardo, alzò il viso, mi guardò e disse: "Prendimi quando vuoi, lasciati andare, so che mi vuoi, anche io ti voglio!"

I nostri sguardi si urtarono nel buio, io capii che quel pianto finto era stato architettato per attirarmi verso di lei, era tronfia di questo risultato. Allora mi lasciai andare veramente, a modo mio, senza mollare il suo sguardo per un solo istante.

"Tu sei fuori di testa, è meglio se ti curi! La mia quercia la faccio crescere nel bosco che voglio io e la mia potenza puoi solo immaginarla! Sei malata! Curati! Stammi alla larga, tu e il tuo profumo!"

"So che mi vuoi, lo sento, mi prenderesti anche adesso: è inutile negare l'evidenza, non sai cosa ti perdi, proprio non lo sai, ti ritieni inarrivabile? Giuro che pagherai per questo, lo giuro!"

Mentre parlava la sua espressione era mutata, ora il suo viso ossuto faceva ancora più paura, tremava, era lei irritata, il mio rifiuto categorico l'aveva terribilmente offesa. Si alzò accompagnata da un ghigno terribile sulle labbra, mi guardava e sorrideva, si muoveva senza apparente logica su e giù per il reparto, apriva e chiudeva le finestre, lasciava entrare l'aria fredda nelle stanze, guardava i pazienti e me con occhi iniettati di odio. Non capivo nulla, i pazienti, nonostante tutto, dormivano della grossa. Entrai in infermeria e il mio occhio cadde sul quaderno della terapia: avevo firmato io tutte le terapie, tutte, ma non avevo preparato nulla, se ne era occupata Sonia e poi aveva invitato me a somministrarle e a firmare... Mi odiai per la mia ingenuità. Chissà cosa aveva preparato! Ecco perché dormivano, ecco spiegato il silenzio. Sonia entrò in infermeria, mi guardò sorridente e poi uscì. Questo era solo un assaggio.

Quella terribile notte finalmente finì. Il viaggio verso casa fu un tormento, non mi torturava il sonno, quello non era nemmeno un pensiero, mi tormentava quello che era accaduto, il mio atteggiamento, il ghigno di Sonia, le sue parole. Appena arrivato a casa, raccontai tutto a mia moglie, che da gran signora mi credette senza battere ciglio e mi abbracciò, stringendomi fortissimo, sussurrando dolci parole che mi confortarono. Non riuscii ad andare a dormire, pensavo troppo all'accaduto, le immagini e le parole di Sonia mi rimbombavano nelle pieghe della mente. Pensavo alla sua lucidità, alla sua freddezza, alla sua mente calcolatrice, alla modo con cui si rapportava. Che follia! Solo una mente particolarmente perversa poteva architettare il tutto. Quella donna aveva preso in considerazione la mia anima, i miei pensieri, la mia intimità. Altra cosa terribile era il fatto che credeva veramente che io fossi attratto da lei, lo pensava veramente. Per me un iceberg sarebbe stato più attraente, sarebbe stato capace di darmi più calore, perfino una bambola gonfiabile mi avrebbe dato più calore! I miei pensieri erano dettati dalla rabbia, ma i suoi erano dettati dalla pazzia e questo mi spaventava moltissimo, la sua era una follia lucida, fredda, calcolata. Dopo queste meditazioni, mi rasserenai giocando con Rebecca. Tenni il cellulare rigorosamente spento:la mia vita era cambiata, le mie abitudini anche, non ero più padrone di telefonare o uscire, ero spaventato, molto spaventato.

X

Tornai a lavorare in ambulatorio, avevo voglia di confrontarmi con qualcuno,il desiderio di parlare era enorme, ma esclamai solo: "Lavorare con Sonia è pesante, ha degli atteggiamenti strani." Un collega rispose: "Chi sei tu per giudicare?" Con la coda fra le gambe, tornai alle mie occupazioni, la rabbia era ancora più grande, ancora più spessa. Mi sentivo sempre osservato, scrutato, spiato, questa situazione non solleticava più il mio lato narcisistico, mi spaventava tantissimo, mi turbava, rubava parte della mia serenità. Alcune delle mie notti erano insonni e, quando riuscivo a prendere sonno, terribili incubi popolavano la mia mente. Vedevo Sonia in casa mia, che parlava a mia figlia, poi la prendeva per un braccio e la portava via, mentre io osservavo tutto da dietro un vetro spesso, insuperabile, che impediva di agire. Urlavo, sbattevo le mani contro il vetro. Mi svegliavo sudato marcio e a volte mia moglie mi svegliava, mentre mi agitavo nel letto.

Il tempo passava lento fra nebbie e piogge, la vita in ambulatorio non era più la stessa, il mio stato d'animo era mutato, non parlavo con nessuno, avevo paura di dire qualcosa che portasse il discorso su Sonia. Purtroppo mi toccò ritornare in ospedale, ma nei mesi precedenti non c'era stato nessuno squillo al cellulare, nessuna visita inopportuna, solo le mie paure. Forse stavo esagerando, forse era tutto finito.

Quel mattino mi alzai malvolentieri, sapevo che la collega sarebbe stata con me. Il tragitto mi sembrò breve e mi trovai in infermeria in poco tempo. I colleghi mi salutarono calorosamente, non ci vedevamo da un po' di tempo. Sonia, sempre con la divisa linda e tagliata su misura e il suo immancabile profumo, non mi salutò e si infilò dentro un armadietto con la scusa di prendere qualcosa. L'atteggiamento strano era finalizzato probabilmente ad attirare l'attenzione su di sé. Appena ascoltate le consegne, memore dell'esperienza precedente, mi occupai personalmente delle terapie. Mi appropriai del quaderno e del carrello in un attimo, Sonia si occupò di altro, non so di cosa. A lei non piaceva affatto stare con i pazienti, quindi rimasi solo, in tutta tranquillità. Non ero però del tutto tranquillo, anche se l'ansia stava diminuendo. Poco dopo telefonai a casa: era previsto l'arrivo di un mobile del bagno. Tutti i nostri sforzi stavano dando i loro frutti, la casa prendeva vita e personalità, questo ci rendeva felici e ancora più uniti.

Appena terminata la preparazione della terapia, entrai nelle stanze e con tutta la delicatezza possibile svegliai i pazienti: il sonno era ancora padrone delle loro menti e dei loro corpi, la delicatezza era un ottimo metodo per riportare alla veglia tutti. La giornata era splendida, il sole entrava dalle grandi finestre, formando sulle pareti giochi di colori carnevaleschi e scaldava l'aria interna, i raggi trafiggevano la nebbia come frecce luminose. Il mio buonumore stava crescendo e invitai i pazienti a recarsi nel refettorio, la stanza adibita alla colazione. Entrai nell'ultima stanza: qui vi era un paziente ancora a letto, Maurizio, che conoscevo già da qualche mese. Alzai la tapparella e con tutta calma lo invitai ad alzarsi. Mi girai per uscire, ma sentii un terribile colpo al fianco destro. Mi voltai e Maurizio mi sferrò un pugno nella pancia, che mi lasciò senza fiato e senza un attimo di esitazione, mi scaraventò a terra con una spinta di incredibile forza. Il dolore e la sorpresa furono acutissimi, nella stanza oltre a me non c'era nessuno e non sapevo come chiedere aiuto. Maurizio fu più veloce dei miei pensieri e in un attimo mi volò addosso, riempiendomi di pugni. Mentre colpiva mi diceva: "Tu mi vuoi uccidere, mi vuoi avvelenare, hai messo il veleno nel latte!" Era completamente preso dal delirio, era inutile provare a parlare con lui. Poi si allontanò da me, lasciandomi senza fiato. Appena mi rialzai, mi si gettò nuovamente addosso, ma, essendo preparato all'aggressione, riuscii a fermare le sue mani che cercavano di colpirmi. Ero io che tenevo fermi i suoi polsi. Urlai per attirare l'attenzione dei colleghi e subito dopo entrò Sonia, che si avvicinò al paziente e con voce sicura disse: "Sì è lui che vuole ammazzarti, uccidilo prima che lo faccia lui, colpisci, colpisci!... Dai, uccidi, uccidi!" Maurizio, aizzato da queste parole, riuscì a liberarsi della mia presa e mi afferrò per il collo, stringendo fortissimo. Sonia guardava, sorrideva e aizzava ancora: "Dai, uccidi, uccidi! Guardalo: è il diavolo, solo tu puoi fermarlo! Continua!" Cominciavo a vedere scuro, l'ossigeno stava mancando, allora con uno sforzo sovrumano, tirai un calcio allo stinco di Maurizio che perse vigore nello stringere, quindi mi liberai e uscii dalla stanza trafelato e contuso. Sonia era sparita, si sentiva solo il suo profumo. Dissi ad un'altra collega di chiamare il medico, persona capace ed intelligente, che, appena arrivato, capì immediatamente la situazione: ci conoscevamo da tempo, bastava poco per intenderci. Chiamai gli altri colleghi, una per la precisione, e con grande difficoltà riuscimmo a praticare un sedativo al paziente, meno agitato ma sempre delirante. Sonia era sparita, dissolta. Il paziente nuovamente fu preso da rabbia e delirio e iniziò ad inveire nuovamente contro di me. Arrivarono anche i sorveglianti e insieme a loro contenemmo il paziente a due arti, nonostante questi metodi non appartenessero alla nostra filosofia di lavoro. Maurizio continuava a chiamarmi diavolo, "Tu vuoi uccidermi, uccidermi..." La contenzione mi salvò, il paziente mi avrebbe colpito sicuramente. A quel punto ricomparve Sonia con un'espressione fredda, glaciale. Stavo per avventarmi su di lei, ma nessuno aveva visto e sentito ciò che aveva fatto e detto, quindi mi trattenni. Lei andò nella stanza del paziente e rimase con lui.

La mia rabbia era enorme, feroce, una montagna non avrebbe potuto fermare le mie urla, dovetti anche questa volta trattenermi. Non vedevo più nulla, i colleghi mi parlavano, ma io non ascoltavo nessuno. I colleghi, i mobili, le porte, le finestre non esistevano più, vedevo solo l'immagine dell'aggressione e il viso di Sonia che diceva: "Uccidi! Uccidi!" Su invito dello psichiatra, mi recai al pronto soccorso, dove il medico refertò oltre ad una serie di contusioni e lacerazioni anche una ematuria (sangue nelle urine) confermata da una contusione renale: ebbi una prognosi di 18 giorni e nessun testimone, come ogni volta che Sonia agiva.

Come potevo chiedere a un paziente avvolto dal delirio fino all'osso di testimoniare? Ero io poi l'oggetto del suo delirio, ero io la persona, o meglio, il diavolo che voleva ucciderlo. Oltre alla rabbia provavo una profonda disperazione. Mi avviai verso il reparto, passando dentro lunghi corridoi freddi e vuoti, apparentemente senza fine. Rientrai in reparto, dolorante e confuso. Sonia era impassibile, statuaria, si avvicinò a me e bisbigliò: "Questo è solo l'inizio!". Poi si pose accanto alla porta, continuando a fissarmi: avrei voluto metterle le mani al collo e stringere il più possibile, mi sentivo il fuco della rabbia bruciare dentro. Il suo gioco era anche questo, voleva provocarmi per creare una reazione, mi fissava e sorrideva. Infine entrò un'altra collega, che venne a parlare con me nel tentativo di consolarmi e dare spiegazioni. Il suo affetto irritò Sonia. Andò via, sparì anche questa volta senza traccia, solo il profumo denunciava la sua presenza. Tornai a casa dolente e frustrato. Che cosa poteva fare ancora Sonia? Uccidermi? Uccidere qualcuno della mia famiglia? Ormai tutto era possibile, la sua follia non aveva più limiti. Quella donna tanto precisa, compita, ossessiva, aveva scatenato tutta la sua cattiveria, dovevo pagare un dazio altissimo per il rifiuto.

Giunsi a casa gonfio nel fisico e nel cuore, raccontai tutto l'accaduto ad Antonella, che non ebbe alcun dubbio sulla mia versione. Io raccontavo concitato e arrabbiato, lei ascoltava e asseriva, mentre le immagini dell'aggressione rimbalzavano nella mia mente, le parole di Sonia riecheggiavano rumorose nei miei pensieri: "Uccidi! Uccidi! Lui è il diavolo!" Era evidente che il mio stato mentale era alterato, ma il mio racconto era la descrizione vera dell'accaduto, non finzione o invenzione. Mia moglie era turbata, non spaventata. Mi consigliò di non pensarci, di lasciare perdere, un episodio non voleva dire nulla. La mia indifferenza nei confronti di Sonia non era servita, ormai era una costante nella mia vita, una costante negativa.

XI

Le notti dopo l'aggressione trascorsero insonni, ero divorato dalla rabbia e dalla paura, cominciavo ad odiare quella donna. Era riuscita anche in questo, la pensavo continuamente, era presente nella mia mente ogni momento, ogni istante.

Nel frattempo molti colleghi telefonavano per sapere le mie condizioni e per dimostrare solidarietà nei miei confronti. Mi dissero anche che il paziente era stato dimesso contro il parere dei sanitari, era ancora minorenne, quindi sotto la tutela dei genitori, le cure sicuramente sarebbero state interrotte. Una cosa mi fece bruciare di rabbia: riferirono che Sonia aveva preso dei giorni di ferie, poiché andava ripetendo che era turbata dall'accaduto e dalla mia furia.

"Come dalla mia furia? Che cosa voleva dire con quella frase?" I colleghi non seppero dare spiegazione, mi tranquillizzarono e mi congedarono con caloroso affetto.

I giorni a casa furono lieti, almeno quando il mio pensiero era lontano da Sonia e dall'accaduto. I dolori erano forti, tutto il corpo mi doleva e l'ematuria era ancora presente. La rabbia era la cosa che più m'infastidiva, non riuscivo a capacitarmi di tutta questa cattiveria calcolata, di tutta questa preparazione e premeditazione. Nonostante la nebbia, spesso uscivo a controllare se Sonia fosse nei paraggi a guardare con il binocolo. Tutto taceva, cellulare, numero di casa, eppure non m'illudevo, troppe volte mi ero illuso che tutto fosse finito, invece ogni volta un episodio sempre più grave segnava la mia vita.

Per svagarmi un po' e togliermi da quei pensieri, io e mia moglie decidemmo di uscire e di andare in un mobilificio per un acquisto, l'importante era uscire e pensare ad altro. Dopo essermi imbottito di antidolorifici, prendemmo l'auto e ci recammo nel luogo previsto. Giravamo tranquilli fra comò e camere da letto, respirando il profumo di legno appena trattato e pulito. Guardavo con interesse una scrivania, mentre la commessa ne descriveva le caratteristiche tecniche, avevo gli occhi rivolti verso il basso. All'improvviso, come un fulmine a ciel sereno, un terribile colpo, un pugno mi colpì in pieno viso scuotendo tutto il mio corpo. Alzai gli occhi e vidi Maurizio accanto al padre. Il mio labbro cominciò a sanguinare copiosamente, sporcandomi i vestiti. Rimasi fermo e guardai negli occhi il ragazzo, che, quasi intimorito dal mio sguardo, si riparò dietro il genitore. A quel punto, il padre si avventò contro di me, si fermò a pochi centimetri e iniziò ad urlare a voce altissima:

"Bastardo, tu hai aggredito mio figlio, l'hai picchiato, ti denuncio bastardo!" Rimasi fermo e glaciale, fu mia moglie a intervenire e a inveire contro l'uomo: "I pazzi siete voi, siamo noi che vi denunciamo, pazzi, pazzi!" Preferisco censurare le altre parole che pronunciò Antonella. Il labbro continuava a sanguinare, mentre cercavo di calmare mia moglie che stava per aggredire fisicamente l'uomo, che con frasi contraddittorie e dittatoriali cercava di difendersi dalla sua furia. Devo ammettere che Antonella prese le mie difese in maniera accesa, la mia freddezza invece sconcertò tutti: la commessa guardava tutta la scena senza capire nulla. Nel frattempo Maurizio apriva e chiudeva tutti i cassetti e gli armadi, tirando fuori tutti i diavoli possibili e immaginabili. Era evidente che il padre non sapeva gestire la malattia del figlio, anzi, succube di lui e della sua malattia, proiettava su di me tutta la sua frustrazione e incapacità. Maurizio nel frattempo a debita distanza continuava ad urlare:

"Sei il diavolo, ti devo ammazzare!"

Presi dolcemente mia moglie per mano e dissi: "Inutile discutere. Qui i malati sono due o forse tre e il più pericoloso non è quello che vuole ammazzarmi!" La mia calma e il mio atteggiamento stupirono tutti, me compreso. Questa calma probabilmente fece sì che l'aggressività scemasse senza altre conseguenze. La commessa mi guardava attonita, mentre il mio labbro continuava a sanguinare.

Lasciammo quel clima surreale e ci recammo prima in pronto soccorso, dove fui medicato, e dopo dai carabinieri per raccontare l'accaduto. Qui venimmo accolti in una caserma fatiscente. La sala d'attesa era ricoperta da calendari dell'arma impolverati, vecchi, appesi con un chiodo al muro attraverso una cordicella. C'erano delle sedie messe in fila, ordinate e nere. Un lampadario su cui il peso della polvere superava quello della struttura stessa e un grande, grandissimo specchio, evidentemente unidirezionale, che permetteva di vedere senza essere visti,completavano l'arredamento Probabilmente la sala in altre occasioni era usata per interrogatori o altro ancora, ma in quel momento la mia capacità di osservazione vacillava, mi sforzavo di rimanere calmo, tuttavia era una calma apparente. Raccontai l'episodio ai carabinieri, decidendo comunque di non denunciare il ragazzo, il suo stato di salute era veramente pessimo, aveva bisogno di cure costanti e probabilmente di genitori meno simbiotici e collusivi, questo non stava a me deciderlo. La mia paura era un'altra, perché avevo due nemici: Maurizio, delirante e malato, e Sonia, sottile, calcolatrice e avida di vendetta.

Il mio umore durante il mio riposo per infortunio non migliorò, avevo continue paure, a volte venivo catturato dall'ansia che divorava parte della mia felicità e serenità. Mia moglie comprendeva e la sua presenza mi aiutava moltissimo, era sicuramente con mia figlia fonte di gioia e di speranza.

Tornai a lavorare dopo il periodo d'infortunio, ebbi grande solidarietà da parte di alcuni colleghi e freddezza da parte di altri, anche se non capivo il motivo. Evitai comunque di chiedere, non volevo pensare troppo. Qualche giorno dopo fui convocato dal responsabile del reparto, voleva avere spiegazioni sull'accaduto. Entrare in reparto mi fece un certo effetto, immagini forti nella mia mente mi portavano all'accaduto. Questo però era un fattore secondario,perché un'altra spiacevole sorpresa mi attendeva. Ci sedemmo in uno studio, una grande scrivania divideva me e il responsabile, persona che conoscevo da anni e con cui avevo un ottimo rapporto professionale. Lo vedevo distaccato, freddo, inquisitorio, infatti mi disse che Sonia aveva raccontato che ero stato io ad aggredire il paziente senza motivo e che la maglietta e i graffi erano stati procurati da me. Aggiunse che addirittura mi ero strappato la maglietta, per giustificare poi il tutto. Inoltre la collega aveva affermato che l'avevo tenuta
per i polsi, che aveva tentato invano di fermare la mia furia, ma che dopo le mie minacce mi aveva lasciato andare. Secondo lei, così aveva raccontato, il mio atteggiamento era dovuto al fatto che ero in procinto di separarmi da mia moglie, perché ormai non andavamo più d'accordo da tempo e stavamo insieme solo per la salute della bambina.

Delle coltellate avrebbero causato meno dolore. Sonia aveva come sempre programmato tutto. Rimasi impassibile, apparentemente calmo, quindi, dopo aver subito un vero e proprio interrogatorio, dissi: "Chiama Sonia, sono disponibile a ogni confronto." " Si è messa in malattia, dice che ha paura di vederti." Allora, sempre ostentando calma, ma pieno di rabbia e frustrazione dissi: "Vado al pronto soccorso, ho qualcosa di interessante da farti vedere."

Uscii dalla stanza ed entrai nel corridoio che porta al pronto soccorso, cercavo il referto della contusione renale e dell'e-maturia. Sonia non sapeva nulla di questo, finalmente si era organizzata male, il suo piano aveva una falla e io dovevo entrare per affondare la sua nave di cattiveria. Chiesi subito ad un collega di stamparmi i referti del giorno incriminato, io avevo gettato tutto nel tentativo estremo di dimenticare. Mi feci stampare anche il referto dell'aggressione del paziente. Tornai trionfante in reparto, sventolando i vari referti: è impossibile procurarsi da soli una contusione renale. Il responsabile rimase allibito. Aggiunsi solo: "La mia reputazione non è bastata, pazienza, i referti parlano chiaro…"

Dopo qualche giorno la voce si diffuse, Sonia si era giocata completamente la reputazione, nessuno credeva più in lei, in quello che diceva, ma il risultato fu che era ancora più temuta di prima. Nessuno voleva più lavorare al suo fianco, eppure nessuno osava dire qualcosa. Tutti la evitavano con il sorriso, tutti davano risposte diplomatiche ed evasive. Ad ogni sua esigenza di cambi turno, nessuno diceva di no: era temuta e allo stesso tempo rispettata. Eppure qualcosa di grave doveva ancora accadere, la lucida follia di Sonia stava mostrando solo una piccola parte del suo essere, solo la punta di un iceberg.

XII

Qualche giorno dopo nella buca delle lettere trovai una lettera giallo-ocra, con il timbro dei carabinieri. Immaginavo una convocazione per via dell'aggressione subita. Sulla lettera vi era scritto solo che dovevo presentarmi per comunicazioni che mi riguardavano. La giornata di pioggia rendeva la situazione ancor più lugubre, dovevo recarmi in una stazione di carabinieri a me sconosciuta, non quella in cui avevo raccontato dell'aggressione. Un senso di nausea mi prese lo stomaco, avevo paura di andare a lavorare, figuriamoci andare dai carabinieri!

La convocazione era per il giorno dopo, nemmeno il tempo di prepararsi psicologicamente. Quindi, dopo un'ennesima notte insonne, il mattino seguente mi sistemai, mi rasi il viso,mi diedi un aspetto ordinato e mi recai alla caserma. Il carabiniere che mi accolse conosceva il motivo della mia convocazione, quindi mi fece accomodare nella sala d'aspetto. Anche qui trovai calendari vecchi che ornavano le pareti sporche e squallide, però almeno vi era qualche rivista da leggere. Mi sedetti e cercai qualcosa di interessante fra i giornali polverosi, solo dopo aver sfogliato qualche pagina mi accorsi che le notizie erano di un anno prima. Passai a leggere le incisioni sul tavolo, i lazzi e gli insulti contro le forze dell'ordine la facevano da padrone. Il freddo era intenso, la stanza non era nemmeno riscaldata, i termosifoni freddi e ornati da baffi neri sulla parete erano inutili arredi. Ad un certo punto arrivò un uomo ubriaco, accompagnato dalla sua consorte, che, dopo avermi alitato in faccio il suo fiato, vomitò a dieci centimetri dalle mie scarpe. Questo gli dava il diritto di precedenza, lui se ne andò mentre il vomito restò in mia compagnia per almeno mezz'ora, finché un carabiniere molto giovane e molto disgustato, rimosse tutto, vomitando a sua volta a pochi centimetri da me. Non sapevo se ridere o piangere, forse l'unica soluzione era quella di vomitare per avere diritto di precedenza, visto che un altro uomo ubriaco fradicio era entrato nella sala d'attesa.

Dopo un'altra mezz'ora circa venne il mio turno ed entrai in un'altra stanza, dove un tiepido tepore mi accolse e questo mi confortò un po'. La foto del Presidente sul muro dava un'aria solenne alla parete, che era arricchita anche da una bandiera italiana incorniciata dietro un vetro. Una grande scrivania mi divideva da un uomo in divisa, intorno ai quaranta anni, perfettamente rasato e pettinato. Avevo le mani gelate e sudate, la paura cominciava a salire e a diventare padrona di me. Senza guardarmi in faccia e chiamandomi per cognome, l'uomo in divisa tuonò: "Si accomodi!" Mi sedetti intimorito, cercavo un suo sguardo, un suo cenno.

"Lei ha un avvocato? Spero sia un ottimo avvocato, anche se le persone come lei non meritano niente!"

Io mi sentivo gelare, avevo davvero voglia di vomitare. Una tremenda nausea mi prese, mi girava la testa e sentivo il cuore pulsare fino alle tempie. Il mio respiro si fece veloce.

"Lei è accusato di danni a terzi, sequestro di persona, abuso di potere e altro ancora."

"Ma non è possibile, qui l'unico ad essere stato aggredito sono io!"

"Dicono tutti così, per oggi ne ho abbastanza, prenda la copia della denuncia e se ne vada!"

Poi gettò il verbale sulla scrivania, si alzò, aprì la porta e mi invitò ad andare via. Raccolsi il plico e uscii, rischiando di cadere per via della rabbia e tensione che avevo in quel momento. Mi allontanai dalla caserma e lasciai la pioggia cadere libera su di me. Avevo bisogno di aria e di libertà. Poi mi rifugiai sotto un portico e aprii il plico: vi era una serie di articoli e numeri da cui capii che il padre di Maurizio mi aveva denunciato. Affermava che io avevo aggredito suo figlio in ospedale, poi l'avevo legato e inoltre l'avevo anche aggredito nel mobilificio. I capi d'imputazione erano gravi, gravissimi, fra cui anche il sequestro di persona: volevo urlare dalla rabbia, sbattere la testa contro il muro, mi vedevo già senza un lavoro e in galera. Rilessi la denuncia più volte, tre, quattro volte, ancora non ci credevo.

Sonia aveva colpito, non sapevo ancora come, ma di sicuro lei era invischiata fino al collo.

Andai a casa, abbracciai mia moglie che lesse la denuncia incredula. Iniziai a piangere, dovevo pur sfogare la rabbia in qualche modo, mi sentivo inerme e indifeso. Sconsolato mi recai in ambulatorio e feci leggere la denuncia al medico che con me aveva sedato il ragazzo. Anche lui rimase allibito e sconcertato e molto preoccupato per la situazione, ma si offrì immediatamente di testimoniare in mio favore. Quasi tutti i colleghi si strinsero a me, anche se nessuno di loro era pratico della situazione. Sentivo calore umano attorno, questo mi faceva bene. Molti fecero il nome di Sonia, la insultarono. Eppure la sua persona non compariva mai nel verbale, anche questa volta ne usciva pulita. La solidarietà di molti dei miei colleghi mi diede nuova forza, ora ero io a dover indagare, ne andava del mio stipendio e della mia reputazione. Cominciai ad avere meno paura, meno timore. Immediatamente andai in reparto per raccontare ai colleghi l'ultimo avvenimento: qui ci fu una vera e propria ribellione contro Sonia. Lei ovviamente era assente, aveva preso dei giorni di ferie che poi aveva trasformato in malattia. Era evidente che aveva paura, doveva affrontare qualcosa di più grande di lei, la mia ira, la mia rabbia, la mia voglia di rivincita, l'isolamento da parte dei colleghi, che pur temendola, rimanevano distanti, per paura di essere coinvolti in avventure simili e per vendetta trasversale. Su consiglio del responsabile del reparto mi procurai il numero di un avvocato, un ottimo avvocato, telefonai e presi appuntamento per il giorno dopo. Uscii dal reparto per prendere l'auto parcheggiata all'interno dell'ospedale. Da lontano vidi qualcosa attaccato al vetro, schiacciato dal tergicristallo. Incuriosito presi il foglio, che nonostante fosse completamente bagnato dalla pioggia, portava su una scritta a caratteri grossi, digitata al computer: "Questa me la paghi!" Nessuna firma, nessun segno particolare, nulla di nulla. Mi guardai intorno per vedere se Sonia fosse nei paraggi. Ero certo che l'artefice di questo fosse lei, ma nessuno era presente oltre a me. Sicuramente mi aveva seguito, magari anche appena uscito da casa o dai carabinieri…

XIII

Lo studio dell'avvocato, era situato nel pieno centro di Torino. Arrivarci era già un problema, figuriamoci parlare con lui, mi ponevo problemi anche sul costo della parcella. Per l'occasione misi perfino la cravatta, un grigio fumo veramente elegante, accompagnata da una giacca nera e camicia grigia chiara. L'ingresso dello studio era sotto dei grandi portici, che ospitavano negozi di gran prestigio, vetrine scintillanti e linde, con ripiani zeppi di oggetti perfettamente inutili, come penne esageratamente care e calamai placcati oro e altro ancora. Ero tesissimo, le gambe mi tremavano e avevo urgente bisogno di un bagno. Prima di suonare il campanello entrai in un bar per andare in bagno, questo accadde ben due volte nel giro di un quarto d'ora. Le mani sudate lasciarono un'impronta sul pulsante del campanello, una goccia di sudore cadde dalla fronte, avevo caldo, nonostante il freddo intenso, mi sentivo imbarazzato e provinciale, ma non ero mai stato davanti ad un avvocato. Il portone si aprì su un salone ottocentesco, con grossi archi beige, puliti, freschi. Mi avviai verso l'ascensore, oltrepassando degli scalini di marmo rosso, arrivai al secondo piano e mi venne incontro una segretaria dall'età quasi indefinita, donna di cera, con capelli cotonati biondi, gonna grigia sotto il ginocchio e camicia bianca. Con molta cortesia ma decisione mi fece accomodare in una splendida sala d'aspetto, dove grossi quadri ricoprivano ogni parete. Uno in particolare mi colpì: era un paesaggio marino, si vedeva un mare in tempesta, con onde alte e schiumose che coprivano una nave antica, in piena balia dei capricci del mare. Quel quadro mi fece pensare che avrei preferito affrontare la tempesta piuttosto che l'avvocato, la mia mente volò a casa, a mia moglie e alla mia bambina. L'ambiente mi mise ancora più a disagio, la carta da parati a strisce mi evocava la galera. Volevo scappare, fuggire, tornare indietro nel tempo, sparire. Una voce mi fece ripiombare alla realtà.

Entrai nello studio come un automa guidato da un telecomando. I miei passi rumoreggiavano sul pavimento lucido. L'avvocato, uomo sui cinquant'anni, elegante, magrissimo, con una folta chioma grigia, esclamò da dietro una scrivania "Buongiorno, si accomodi prego!" Al suo fianco vi era una graziosa donna all'incirca della mia età, piccolina, minuta, carnagione scura e capelli scuri, timida, ma apparentemente sicura di sé. Mi guardò appena, poi chinò lo sguardo. Io risposi al saluto dell'avvocato e lui continuò: "Allora dica, cosa è successo, illustri la sua versione." Come per liberarmi da un enorme peso, raccontai tutto d'un fiato: "Avvocato, la vittima sono io, sono io quello aggredito, quello malmenato, guardi i referti, parlano chiaro!" Avevo detto tutto in pochi secondi. L'avvocato prese i vari fogli, gli diede un'occhiata veloce e poi chiese: "E per la contenzione come la mettiamo?"

"Abbiamo dovuto farlo, mi stava ammazzando, letteralmente ammazzando."

"La data dell'interrogatorio è già stata fissata, l'accompagnerà la mia assistente e stia tranquillo, si sistemerà tutto!"

Mi congedò con una poderosa stretta di mano, uscii dalla stanza e poi dallo studio, ancora più preoccupato di prima. Come potevo stare tranquillo? Avevo addosso capi d'imputazione che si pagano con la galera, lui mi aveva ascoltato per cinque minuti e io dovevo stare tranquillo? E poi dovevo essere interrogato? E da chi? Questo non mi era stato detto. Che fastidio, che imbarazzo, che rabbia! Altro bar, altro caffè, altro bagno. Mentre tiravo su la cerniera, mi vedevo già dietro le sbarre, menato dai "compagni" di cella, in fila per la doccia, con la gavetta in mano e abbandonato da tutti. Forse stavo esagerando, ma il vortice dell'ansia a volte mi afferrava e mi portava lontano da me stesso, in preda a paure e angosce.

Dopo qualche giorno, in cui i pensieri stridevano come gomme sull'asfalto e urtavano contro la serenità ormai perduta, mi presentai all'interrogatorio presso il palazzo di giustizia. Il mio abbigliamento cozzava contro tutto e tutti: indossavo giacca e cravatta perfettamente abbinate fra loro, addirittura le scarpe erano della stessa tinta della cintura. Davanti all'ingresso, in attesa dell'avvocato, molti mi salutarono con un gaio "Buongiorno avvocato!", non sapendo che potevo essere incriminato per sequestro di persona. Il palazzo di giustizia stesso destava paura e nausea, era fatiscente ed ingiallito, con coreografiche scritte colorate che inneggiavano a libertà ed equità. Ecco che da lontano vidi arrivare il mio avvocato, una donna decisamente carina ma evidentemente timida. Dopo un saluto estremamente formale entrammo nel palazzo, poi ci fu una serie di perquisizioni che sfioravano i preliminari di un rapporto sessuale. L'avvocato invece mostrò un tesserino e fu esentata da questa pratica. Imboccammo un lungo corridoio, basso, stretto, scrostato, con panche rotte, che ospitavano sguardi che si depositavano direttamente sui glutei della donna. Qualcuno si posava sul décolleté e lì rimaneva incollato fino al gomito del corridoio. Gli sguardi erano di uomini in attesa di interrogatorio, come me, ma sicuramente più esperti nell'affrontare queste situazioni. Le mani erano sudate e appiccicaticce, sudavo e pensavo forsennatamente. Entrammo in una stanza minuscola dove una finestra altrettanto piccola proiettava sul muro l'unica cosa bella del momento, la luce. Dietro una scrivania piena di tarli e plichi di fogli un uomo enorme, stretto fra muro e arredo, indossava un vestito beige con camicia azzurra con evidenti macchie di grasso, probabilmente i postumi dall'ultimo pasto. L'uomo era il giudice per le indagini preliminari. Mi accomodai su un suo cenno su una sedia piccolissima, stretta, che mi rendeva ridicolo e impacciato. Il giudice cominciò a leggere la denuncia, la lesse fino in fondo, senza permettermi di fiatare. Provai a interromperlo ma mi redarguì pesantemente, facendomi sentire una zattera in balia delle onde. Dopo la lettura cominciarono le domande, secche, precise, incalzanti. Ad un certo punto, formulò questa domanda: "Quanto tempo ci ha messo nel percorrere il tragitto dalla stanza del paziente all'infermeria?"

"Qualche minuto, sicuramente meno di cinque, le due stanze sono vicine" risposi io.

Poi passò ad altre domande, alcune addirittura futili e poco inerenti alla situazione, quindi ripeté nuovamente "Quanto tempo ci ha messo nel percorre il tragitto dalla stanza del paziente all'infermeria ?" Immediatamente risposi senza battere ciglio "Qualche minuto..." Poi un pensiero balenò nella mia mente: cercava di farmi cadere in contraddizione. Il suo tentativo molto sottile mi tranquillizzò, bastava dichiarare la verità. L'interrogatorio continuò per circa un'ora, erano inserite spesso le stesse domande, cui io davo sempre la stessa risposta. Ad un certo punto il giudice non seppe più cosa chiedere, rileggeva mentalmente la denuncia, ma ormai più nulla si poteva dire. Quando uscimmo, l'avvocato disse: "Certo che si difende bene!". "Non mi difendo, dico solo la verità!" La donna diventò paonazza come una fragola matura, non era lei la persona deputata alla mia difesa? Provai a chiedere un parere sull'esito dell'interrogatorio ma fu molto evasiva. Ci congedammo velocemente e andai a casa sconsolato, pur con una lieve punta di ottimismo, che però scemò immediatamente appena vidi un detenuto uscire da un camioncino con le manette: era vestito elegante anche lui.

Il tempo passava e i miei acciacchi miglioravano, ma la tensione no. Provai a chiamare l'avvocato nel suo studio dorato. Ancora non si sapeva nulla, il magistrato non si era pronunciato. Per distrarmi lavoravo al computer, leggevo, avevo paura di uscire. Chi potevo incontrare? La follia di Sonia o il delirio del paziente? Ero come invischiato nella tela di un ragno. Timidamente guardavo oltre la siepe, verso il bosco, nessuno che passeggiava, nessuno nemmeno sulla strada, nessuna traccia di Sonia, che sembrava sparita dalla mia vita, nemmeno più squilli al cellulare o a casa. Rimaneva solo l'incognita giustizia, che pesava come un macigno sul mio morale.

L'intesa con mia moglie fu un punto fermo per me, la sua vicinanza fu sicuramente fonte di benessere e ottimismo. Continuavo a telefonare allo studio legale e l'avvocato, che mi aveva ascoltato la prima volta, mi rassicurava, nonostante non avesse notizie certe.

Chiusi l'infortunio e lentamente l'ottimismo prese spazio nella mia mente, anche se, quando uscivo di casa, sembravo io un paziente paranoico: mi guardavo spesso le spalle e continuavo a cambiare strada. Poi cominciai a ridere di questo e con il tempo anche queste piccole manie sparirono.

XIV

Erano trascorsi quattro mesi dall'aggressione e almeno due dall'interrogatorio. In ambulatorio raccontai qualcosa della situazione, ma non tutto.

Venne il giorno del mio ritorno in ospedale, era da tempo che non lavoravo in reparto, avevo preferito stare lontano dopo l'aggressione. I colleghi mi accolsero con molto affetto e calore e mi tempestarono di domande sulla denuncia. Devo dire che erano più spaventati di me, perché la giustizia ordinaria, i giudici, i tribunali incutono sempre enormi timori nelle persone che non sono avvezze a queste cose. Alcuni si congratularono con me per il sangue freddo dimostrato e mi mostrarono tutta la loro solidarietà.

I pazienti erano i soliti e non avevo alcun timore nell'affrontare situazioni critiche, l'aggressione, se pur violenta e inaspettata, e l'interrogatorio non avevano scalfito la mia professionalità, anche se avevo timore dell'esito che non arrivava più. Questa forse era la situazione più pesante da gestire mentalmente, un giudizio in sospeso, il cui esito poteva cambiare le sorti della mia vita e della mia famiglia.

Un pomeriggio, durante il momento della consegna, in cui vi è più personale, era presente anche Sonia, che in maniera palesemente ostentata scherzava con i colleghi, i quali a stento ricambiavano il suo sguardo. Rimasi tranquillo, anche se un brivido lungo la schiena mi fece rabbrividire per qualche secondo. In realtà avrei volentieri urlato in faccia una serie di cose, ma avevo una gran notizia da dare ai colleghi.

Dopo la consegna, nell'infermeria infestata dal profumo di Sonia, presi la parola: "Ragazzi, io e mia moglie, aspettiamo un bimbo!" Avevo le lacrime agli occhi, ero emozionatissimo, una mia collega corse ad abbracciarmi e tutti si congratularono con me, sapevano quanto tenevo ad avere una famiglia numerosa. Il mio sguardo andò su Sonia: la guardai di proposito, gustai quel momento, in fondo non facevo male a nessuno. Era livida, impietrita, abbassò gli occhi e poi in silenzio si avviò a passi lesti verso lo spogliatoio e sparì al suo interno.

Io andai a cambiarmi dopo un po', lasciai che lei andasse via. Questa volta avevo cambiato turno, senza dire nulla, i miei colleghi erano tacitamente d'accordo con me, quindi cercai di dimenticare tutto, anche la questione giudiziaria. Il pomeriggio fu addirittura simpatico e goliardico, i colleghi a mia insaputa ordinarono delle pizze e mangiammo tutti insieme, personale e pazienti. Queste emozioni rendono il lavoro meno faticoso e danno ai pazienti una parvenza di normalità.

Venne l'ora di uscire e dopo la consueta consegna mi avviai verso l'uscita, percorrendo il lunghissimo corridoio, da dove le finestre portavano solo oscurità e freddo. Da lontano vidi una figura che si avvicinava, mi veniva incontro, si stagliava scura nel bianco ospedaliero: un cappotto lungo, nero, adornato da enorme sciarpa nera, con vestito dello stesso colore. Strabuzzai gli occhi, i capelli biondi erano inconfondibili: era Sonia, si avvicinava lentamente, a passi corti e lenti. Che cosa voleva fare? Non era di turno... Mi veniva incontro, si avvicinava, cominciavo ad avere paura. Nessuno nel lungo corridoio, a parte noi, ormai era a pochi metri da me. Sentivo già il suo odioso profumo, stavo sudando e il rumore dei suoi tacchi riecheggiava come una minaccia incombente. Poi a pochi centimetri da me bisbigliò: "Ammazzerò tua moglie e tua figlia, le schiaccerò come scarafaggi! Quando le vedrò per strada passerò sopra con la macchina, non avrai più moglie e più figli, nessuno ti avrà all'infuori di me, mai altra donna partorirà prole tua, sei mio e basta! Convinciti di questo!". Continuai a camminare e lei da dietro continuava a ripetermi la stessa frase. Incrociammo un paziente che fumava barcollando. A questo punto Sonia smise, per poi continuare con parole ancora più forti: "Le squarterò e butterò le loro budella bastarde in pasto ai cani, così non avrò più rivali. Liberati di loro altrimenti lo farò io!" Continuò ancora, sempre bisbigliando, disse poi quasi eccitata: "Amami come vuoi tu, lo so che lo vuoi, lasciati andare!" Infine, arrivati vicino alla portineria, si girò e andò via. Non osavo uscire dall'ospedale, Sonia avrebbe potuto essere accanto alla mia auto, ero spaventatissimo, la testa mi scoppiava, il dovermi controllare era terribile, la voglia di metterle le mani al collo enorme. Presi il cellulare e chiamai casa. "Tutto bene? Come state?"

"Sì tutto bene, ma che succede? E' tardi: perché telefoni?"

"Niente, volevo salutarti, tutto qui."

"Ma ti sembra il caso di telefonare per questo? Fra poco sarai a casa!" Riattaccai il telefono e mi precipitai alla macchina. Era buio pesto, faceva freddo, ma gli occhi vedevano anche oltre la cancellata, tanta era la paura. Il sudore colava copioso, chiusi immediatamente la sicura e a velocità folle percorsi la strada. I miei pensieri erano rivolti alla famiglia: che cosa avrei trovato a casa? Mia moglie chiudeva sempre le porte e le inferriate facevano sicuramente il loro dovere. Era una provocazione anche questa ennesima scena? Anche questa volta testimoni zero, come sempre, tutto studiato a tavolino da quella mente fredda, glaciale e calcolatrice. Mentre correvo come inseguito da un demone, guardavo ripetutamente lo specchietto retrovisore. Sonia mi stava seguendo o era già davanti a casa mia? Dovevo avvisare i carabinieri?

Che cosa avrei potuto dire? Arrivato a casa, trovai mia moglie e mia figlia già addormentate, così non dovetti inscenare una finzione per celare la mia apprensione. Feci la ronda intorno alla casa. Sembravo un malato di mente in preda ad un delirio di persecuzione, controllai tutte le porte e tutte le finestre, le controllai una, due, tre volte. Accesi le luci per vedere oltre la siepe, ma il bosco era lontano e non riuscivo a guardare così lontano. Il buio era fitto, la mia ironia era passata a miglior vita ormai, la paura si era impossessata di me, anche la rabbia e il senso di impotenza. Non sapevo cosa fare, dove andare e a chi raccontare questa storia grottesca. La mia famiglia era veramente in pericolo? Sonia mi desiderava a tal punto?

Quella notte passò insonne, ogni rumore era fonte di ansia e di paura, sfioravo la pancia di mia moglie, la vita e la nuova creatura che crescevano dentro di lei. Dentro di me cresceva il terrore.

Il mattino dopo Antonella mi rimproverò per la mia telefonata della sera precedente, perché l'avevo svegliata. Chiesi scusa senza raccontare nulla, dando colpa alla eccessiva stanchezza. Dovevo andare a fare la spesa, ero di riposo, quindi mi dedicai a varie faccende domestiche. Non sapevo come dire a mia moglie di chiudere tutte le porte a chiave, non volevo spaventarla, ma qualcosa dovevo fare. Inventando una scusa, raccontai che la sera prima avevo sentito dei rumori e che era meglio chiudersi bene in casa, la nebbia poteva favorire ladri o malintenzionati. Fortunatamente la giornata era nebbiosa e questo ispirò la mia bugia, quindi, dopo un caloroso saluto, presi l'auto attanagliato da mille dubbi, da mille paure. Uscii da casa e ormai, come consuetudine, per arrivare al luogo di destinazione cambiai strada più volte, tornando indietro e ripartendo. Ormai non ridevo più di questo mio atteggiamento, agivo così per ogni percorso.

L'enorme parcheggio del supermercato mi accolse e poi le sue porte mi fagocitarono. Al suo interno poca gente, era ancora presto, qualche sparuta massaia e pochi commessi. La fretta era accanto a me, volevo tornare a casa il più presto possibile. Ero davanti allo scaffale dei surgelati e sentivo inquietudine. Improvvisamente da dietro una vocina flebile mi stilettò le orecchie.

"Ciao, è sempre bello vederti, è sempre un immenso piacere!"

Mi voltai di scatto: era Sonia. Mi aveva trovato anche lì. Rimasi colpito non solo dalla situazione incredibile, ma anche dal suo abbigliamento e atteggiamento: indossava dei pantaloni neri attillati e una maglia nera anch'essa, abbondante, che copriva le sue forme. Era addirittura spettinata e senza trucco, profonde occhiaie scure segnavano i suoi occhi, era quasi irriconoscibile. La sofferenza se, avesse potuto prendere un volto, avrebbe preso quello di Sonia per incarnarsi, non sentivo nemmeno il suo odioso profumo. Poi riprese a parlare:

"Sai, ti capisco e ti perdono. Sono una sciocca, il fatto che tu mi ami, non vuol dire che tutto si debba bruciare subito. Sì, verissimo, io so aspettare, il tuo amore e le mie preghiere ti condurranno a me, al mio cuore, al mio corpo, alla mia anima, a tutta me stessa. Ti desidero tanto, ma aspettare mi farà bene, anzi, ci farà bene. La castità, che ora sto praticando, mi tempra, i tuoi messaggi mi danno speranza, le luci che accendi di notte mi fanno capire quanto mi desideri e quanto vorresti stare con me."

Si avvicinò ancora di più a me, probabilmente nel tentativo di darmi un bacio, io arretrai di qualche passo e rimasi schiacciato dallo scaffale. Quindi riprese a parlare, il suo sguardo ora si era trasformato, il mio rifiuto le fece cambiare umore in modo repentino.

"Sbattere tua moglie ti crea solo dolore, ogni orgasmo che le dai per me è una coltellata. L'altra notte vi ho sentito gemere, ma ho capito che tu fingevi, perché so che vuoi me e solo me. Finché tu non prenderai coscienza di questo, vivrai solo come in un deserto. Amami e rinascerai, ringrazia Dio per l'opportunità che ti sto dando, non è peccato amarmi! "

Detto questo, si girò quasi come un automa e sparì, portandosi via un altro pezzo della mia serenità. Mi aveva lasciato come un sacchetto vuoto, sgonfio, incapace di ogni reazione. L'unica certezza che avevo era che la sua follia stava crescendo come un fiume in piena, era sempre più travolgente e impetuosa, aveva rotto gli argini ormai, non sapevo dove sarebbe arrivata.

Passai fra le casse inebetito, il mio carrello rimase vuoto, entrai in auto meccanicamente e presi la strada di casa. Il cellulare squillò, numero nascosto, ovvio che era lei, Sonia. Risposi freddamente e la sua voce mi fece trasalire. "Ora sei libero di amare." Un click terribile mi destò dal torpore, una profonda nausea si impossessò di me e della mia anima, un urlo squarciò l'aria. Telefonai a casa, ma nessuno rispondeva. Il piede pigiò sull'acceleratore, i semafori non esistevano, non vedevo più i colori, centodieci, centoventi, centotrenta… ancora più forte, centosessanta… Giunsi a casa e appena introdussi la chiave nella toppa mi venne in mente che mia moglie era da mia mamma, insieme a Rebecca. Nella concitazione avevo perso la cognizione del tempo, il controllo. E se Sonia fosse arrivata anche lì? Antonella non possedeva un cellulare, quindi mi attaccai al telefono. Uno squillo… due squilli… un'eternità. Rispose mia madre con un tono tranquillo, poi mi passò mia figlia. Sentire la sua voce mi tranquillizzò, sapevo che non era accaduto nulla a loro. Entrai in bagno e vomitai anche l'anima. Mi sentivo uno straccio, un morto vivente. Ostaggio di cosa? Di chi? Follia o glaciale determinazione? Il cellulare squillò di nuovo, sempre con numero criptato. Lasciai squillare e piansi.

Quando Antonella rientrò, accennai appena a quell'incontro e inventai una frottola per non aver portato la spesa a casa. Ero veramente preoccupato per la vita dei miei familiari, non riuscivo più a valutare se ciò che era accaduto era uno scherzo, una provocazione, un delirio o un desiderio di Sonia.

Poi mia moglie mi prese da parte e davanti a una tazza di caffè mi chiese: "Ti vedo preoccupato ultimamente. Che cosa ti succede? Non hai più il tuo sorriso!"

"No, stai tranquilla, sono molto stanco, passerà, godiamoci questa bella maternità!".

Ci abbracciammo a lungo, qualche lacrima scese sulla mia guancia, anche se riuscii a nascondere tutto, lacrime e preoccupazione. Stringere Antonella accese il mio desiderio di fare l'amore, non volevo più staccarmi da lei, la mia possessività rasentava la patologia ormai.

Il resto della giornata trascorse serena e tranquilla, giocai con mia figlia Rebecca fino a tarda sera, ma ormai la mia serenità era lacerata, non vedevo via d'uscita né soluzioni. La mente calcolatrice di Sonia non sbagliava mai, ogni sua uscita mi spiazzava, non mi dava mai possibilità di replica. Eppure sapevo che prima o poi un errore l'avrebbe fatto, è nella natura umana sbagliare.

Il giorno dopo, al riparo da orecchie indiscrete, telefonai all'avvocato e parlai con il titolare dello studio legale. Raccontai tutto, per filo e per segno, ma l'avvocato disse di lasciare perdere, di non raccontare nulla di questo in giro, forse stavo esagerando. Una martellata in testa sarebbe stata più dolce. Io stavo esagerando? Bella questa! Non chiesi neppure a che punto fossero le indagini sul mio conto e l'esito dell'interrogatorio.

Ero visibilmente nervoso, mi sforzavo di stare sereno, eppure il disagio cominciò a emergere. Paradossalmente ero felice quando Sonia era di turno con me, almeno non poteva andare a casa mia a combinare qualcosa. Ciò che mi spiazzava era la sua tranquillità apparente, mi salutava come se nulla fosse e cercava il dialogo con tutti. Certo dopo gli ultimi avvenimenti era odiata e temuta, in quanto la sua freddezza era ormai una leggenda. Io volevo distruggere quella leggenda con tutte le mie forze.

XV

Una sera in reparto cenammo insieme, erano presenti Sonia e altri due colleghi. La sua cena light mi faceva schifo e lei voleva propinare a noi tutti i suoi cibi macrobiotici, leggeri e senza grassi. Aveva sempre il sorriso sulle labbra. Cercai di non rimanere mai solo con lei, solo un momento, in cui questo capitò, lei sussurrò: "Andrà tutto bene, stai tranquillo, lo so che mi ami", poi si allontanò da me. Come sempre non mi diede il tempo di replicare, ormai questo suo atteggiamento lo conoscevo, non potevo contrastarlo e in quel momento non mi interessava nemmeno farlo, i miei interessi erano altri. Volevo conoscerla meglio, desideravo conoscere il suo passato, la sua personalità, i suoi movimenti, le sue amicizie: per poterla contrastare dovevo sapere, dovevo conoscere.

Subito dopo cena chiesi al collega di potermi allontanare, il reparto era tranquillo, tuttavia Enzo non voleva rimanere solo con Sonia, la temeva più di me, anche se io fui insistente.

"E' per una giusta causa, poi ti riferirò" gli dissi. E con un cenno indicai la collega, intenta a controllare e ricontrollare lo specchietto dei turni. Fortunatamente non si accorse del mio cenno, le sue interpretazioni avrebbero potuto creare chissà quale castello nella sua mente.

Poi alla chetichella mi allontanai e mi diressi presso un altro reparto, quello di medicina generale, dove Sonia aveva prestato servizio prima di arrivare da noi in psichiatria. Come sempre il lungo corridoio inquietava l'anima, ma questa volta la strada mi sembrava coperta di nuvole, camminavo leggero e felice. Avevo appuntamento per carpire informazioni con Lorena, una collega con cui, prima di sposarmi, avevo intrecciato una relazione breve come un falò estivo, senza ripicche o furiosi litigi.

Lorena mi accolse con un caloroso abbraccio e un bacio sulla guancia. La sua divisa non era linda e stirata come quella di Sonia, lavorava sodo. Aveva una capigliatura corvina, ondulata e raccolta in una grande coda, che si muoveva sinuosa sulla schiena, anche i suoi occhi scuri erano vivaci come sempre.

"Ciao Andrea, che piacere vederti! Vieni in cucina, quanto tempo hai? La storia è lunga, sappilo."

Questa sua affermazione mi fece tremare i polsi. La storia era lunga? Che cosa aveva combinato Sonia? Ci sedemmo attorno ad un tavolo, sgranocchiando grissini. Lorena iniziò il suo racconto, le parole uscivano dalle labbra, labbra che vedevo muovere al rallentatore. Ogni frase, ogni lettera era una pugnalata che colpiva sempre più in profondità, lasciando ferite che grondavano sangue e stupore.

"Allora, devi sapere che Sonia arriva da un altro ospedale, da dove è andata via, probabilmente per gli stessi motivi per cui è andata via dal reparto. Adesso ascolta: io non so tutto ma ti dirò quello che è accaduto qui. Appena arrivata era timida e addirittura simpatica, era sempre disponibile e chiedeva consigli su come doveva lavorare. Faceva domande sulla vita privata, chiedeva spesso notizie su figli, mariti, nipoti e altro ancora, sembrava fosse felice di sapere che la vita intorno a lei era ricca di avvenimenti e affetto. Lei però non parlava mai di sé e di cosa facesse fuori, lavorava spesso con Antonietta, facevano coppia fissa e sembrava fossero amiche, era sempre dimessa. Con il passare del tempo il suo atteggiamento è mutato, lentamente qualcosa è cambiato: ha iniziato a curare il suo aspetto, era sempre fresca di parrucchiera, indossava abiti costosi e alla moda. Antonietta, la sua amica, invece è diventata bersaglio di angherie e cattiverie gratuite: ricordo che una volta nello spogliatoio, davanti a tutti,Sonia ha detto che il suo seno era avvizzito come una prugna secca e che non avrebbe eccitato nessuno. La povera Antonietta si è messa a piangere e questo sembrava far gioire la collega, che dopo le battute è andata via sorridente e tronfia."

"Qualcosa del genere l'ha fatto anche da noi, mi sembra un copione già visto."

"Sì probabilmente sì, ma Sonia non si fermava a questo. Antonietta è stata costretta ad assoldare un investigatore privato, non ne poteva più. Pensa che una volta l'ha accusata di averle rubato dei soldi davanti a tutti. Al suo ribattere le ha messo una mano nella tasca della divisa e ha tirato fuori delle banconote, fra lo stupore di tutti, compresa Antonietta, che quasi è svenuta per la rabbia. Sonia poi ha denunciato la collega di furto, la poveretta è stata costretta ad andare in tribunale, dove ha subito una condanna a pagare una forte somma di denaro. Penso siano arrivate ad un compromesso, non so come si chiami questa cosa, ma Antonietta ha pagato cara, carissima, la follia di Sonia. Ora la povera collega non lavora più da tempo, questa storia l'ha distrutta. Se vuoi ti do il numero di telefono così la chiami, magari ha voglia di raccontarti qualcosa lei.

Poi Sonia, essendo completamente isolata ma temuta, ha chiesto di andare via e la domanda è stata accolta immediatamente, così ora è da voi. So anche che nel frattempo aveva una serie di situazioni simili in sospeso, ogni tanto qui si riceveva qualche telefonata di persone che la cercavano o che la minacciavano, ma lei era sempre sorridente e gaia, apparentemente di ghiaccio. Più la gente si arrabbiava, più il suo sorriso si apriva, sembrava si nutrisse della rabbia altrui e non solo, anche della frustrazione che l'impotenza nei suoi confronti si creava. Io fortunatamente, come sai, ero in allattamento e l'ho incrociata poco, benché anch'io sia stata bersaglio di critiche e attacchi. Per pura fortuna o ironia della sorte ha dirottato i suoi attacchi verso la povera Antonietta..."

Lorena stava ancora parlando, quando una sensazione sgradevole mi prese alle narici: immediatamente dissi alla collega di zittirsi, lei rimase sorpresa dal mio gesto e placò il suo parlare. Dopo qualche secondo apparve Sonia alla porta. Il suo profumo l'aveva preceduta e tradita, eppure era tronfia dato che era consapevole di aver interrotto qualcosa.

"Sono venuta a trovarvi e a recuperare il figliol prodigo, ci manca in reparto, dobbiamo tornare!"

Lorena mi ringraziò con uno sguardo di enorme complicità, chiaramente non capiva la mia intuizione ma fu felice per il mio gesto, anche lei temeva la collega e la sua follia. Poi Sonia mi prese sottobraccio, ostentando una complicità mai esistita, dovevo per forza stare al gioco. Appena fuori dal reparto strinse ancora più forte il suo braccio attorno al mio. Infine, guardando avanti, senza incrociare il mio sguardo cominciò a parlare: "Lorena non dice la verità, è gelosa del nostro amore, anche i muri sono gelosi, tu sei solo mio e lo sarai per sempre!".

A quel punto staccai il braccio da lei e replicai, questa volta non aveva scusanti:

"Sonia, tu sei pazza, tu sei folle, io non ti amo e mai ti amerò, io amo mia moglie e mia figlia, e tu stai alla larga da me e da loro!" Il mio tono era aggressivo, schiumavo rabbia e ferocia, cercavo di mantenere la calma, lo sforzo era enorme. Nei corridoi passavano dei colleghi, non potevo sbottare, ma almeno non rimanemmo a braccetto. Sonia sembrava felice, incredibilmente felice, era così perché si trovava accanto a me o perché aveva interrotto qualcosa? Ormai ero deciso a sapere di più, non potevo più vivere in quelle condizioni. Entrammo in reparto insieme, i colleghi erano spaventati dalla mia espressione e da quella di felicità di Sonia. Con un sotterfugio andai via prima dell'ora di uscita. Appena entrai a casa, un sospiro di sollievo uscì dai miei polmoni e dai miei pensieri.

Passarono i giorni e una notizia magnifica allentò la tensione: l'avvocato telefonò al cellulare per convocarmi nel suo studio. Mi anticipò che il mio interrogatorio era andato benissimo, la mia assoluzione era chiara, limpida, non avevo commesso il fatto secondo il giudice. I referti medici e la mia deposizione avevano chiaramente dimostrato uno stato di necessità, anzi, le relazioni che i medici avevano consegnato evidenziavano la mia preparazione e competenza. Inoltre il paziente, che era stato ascoltato dai carabinieri, aveva mostrato tutto il suo malessere psicotico, dicendo che io ero entrato da sotto la porta come uno spirito e che era mia chiara intenzione ucciderlo, avvelenandolo. Aveva aggiunto altre cose, ma i carabinieri le ritenevano senza importanza. Il povero paziente subì altri ricoveri in ospedale, ma per volere dei genitori, si evitò l'ospedale dove era avvenuto l'evento violento. Io ero uscito da questa storia pulito come acqua di sorgente, lindo come neve d'alta quota. Telefonai subito in reparto per diffondere la notizia, che fu accolta con grande gioia da tutti e rimbalzò come un tam tam in tutti gli ambulatori. Un'altra notizia mi colpì come una sferzata di vento caldo: Sonia, o meglio il marito, aveva comunicato che per almeno tre mesi sarebbe stata assente dal lavoro per motivi familiari, congedo straordinario, previa autorizzazione della direzione e della caposala, che immediatamente avevano firmato senza battere ciglio.

Ero a dir poco raggiante, i colleghi anche. L'assenza di Sonia era una benedizione, la mia felicità rasentava l'euforia. Quella sera io e la mia famiglia cenammo al ristorante, dovevamo festeggiare la fine di un incubo, l'assoluzione e l'assenza di Sonia. Festeggiai anche in privato con Antonella, dovevo liberarmi nei miei pensieri, bosco, quercia, odori, profumi… via, via! Dovevo cancellare tutto dalla mia mente, non volevo nemmeno più pensare a quella donna.

XVI

I mesi trascorrevano, il cellulare era silenzioso e al lavoro tutto precedeva bene. La pancia di mia moglie cresceva e la sua maternità la rendeva ai miei occhi ancora più bella e completa. I lavori in casa andavano avanti bene, la siepe era cresciuta e nascondeva il giardino ad occhi indiscreti. Ogni tanto guardavo oltre, il mio sguardo arrivava fino al bosco e, a parte gli scoiattoli, non vi era altra presenza. Che meraviglia, che pace! L'incubo era finito? Tutto faceva optare per il sì. Un altro mese di pace assoluta, niente incontri, nulla di nulla. Dall'ospedale un collega mi comunicò che l'assenza di Sonia sarebbe proseguita e che forse si sarebbe trasferita in un altro ospedale. Il suo ciclo di persecuzioni era finito probabilmente.

Mia moglie qualche mese dopo partorì una splendida bambina di 3500 grammi di voglia di vivere, la chiamammo Eleonora. Mi sentivo l'imperatore del mondo, passeggiavo per il paese con una bimba sulle spalle e una nel marsupio, la paternità riempiva la mia giornata. La dolcezza dei sorrisi delle mie figlie, lo sguardo di mia moglie mentre allattava mi riempivano d'amore.

Riuscimmo anche ad andare in ferie e la Sicilia fu culla di gioie immense. Tutto sembrava andare decisamente bene. Erano mesi che il cellulare squillava solo per motivi validi, niente più telefonate anonime e Sonia continuava il suo periodo di assenza.

Un giorno, rientrando a casa più spensierato che mai, raccolsi nella buca delle lettere la solita pubblicità. La stavo gettando nel cestino, non mi interessavano al momento lavatrici, offerte di pasta o altro, ma una busta chiusa colpì il mio sguardo: era senza francobollo, quindi imbucata a mano. Era completamente rosa ed emanava un profumo nauseabondo. Il mio nome compariva su una etichetta, scritta con il computer. Ero solo in casa, cominciai a tremare e le pulsazioni diventarono forti, numerose e veloci. Fui costretto a sedermi perché vedevo tutto sfuocato.

Poi con le mani tremanti strappai il lembo che chiudeva la busta e il mio dubbio divenne certezza: la lettera, scritta al computer con un carattere gotico e di colore fucsia, era di Sonia.

Carissimo amore mio, sono certa che hai sofferto molto per la mia assenza. Cerca di capire, l'ho fatto per Te, era l'unico modo per farti capire quanto mi ami. Anche io ho sofferto e ancora adesso soffro, ma ho portato sempre con me la tua maglietta, che hai lasciato nello spogliatoio per me, come segnale del nostro amore, del nostro immenso amore. Ho apprezzato anche tutti gli altri segnali che mi mandavi di nascosto, le luci che si accendevano e si spegnevano nell'oscurità erano come dolcissimi baci che sfioravano le mie labbra. Il tuo affacciarti al balcone, così frettoloso e così maschio, mi eccitava moltissimo. Sapessi cosa ho fatto di nascosto: volevo raggiungerti, però volevo anche farti soffrire.

Solo soffrendo potrai apprezzare la fortuna che ti è capitata.

Mi cerchi è evidente, poi scappi, mi ami di più di quanto Tu stesso immagini.

L'altra notte ti ho sognato, eri accanto a me, soddisfatto dopo una notte d'amore.

Ti ho desiderato tantissimo, la tua maglietta è stata complice di tanti orgasmi e voluttà. Quando vivremo insieme, perché questo è il nostro destino, ti legherò e ti torturerò dolcemente per ore, rifa-

cendomi per la lunga astinenza, le tue foto non mi bastano più. Ora voglio Te, il tuo corpo, la tua quercia che svetta nel bosco fulvo, i tuoi umori, i tuoi odori, il tuo petto, voglio essere posseduta da Te per ore, presa come Tu mi vuoi.

So che questi sono i tuoi desideri, il tuo corpo lo esprime. L'altro giorno ti ho visto mentre tagliavi la legna, eri tutto sudato e i tuoi peli intrisi di calda umidità.

Avrei voluto insinuarmi fra loro e suggere la loro linfa vitale per poi donarti piacere infinito.

Ti amo...

Rondinella Tua.

Cascai sul divano tramortito, la lettera nella mia mano pesava come una condanna a morte. Per quanto tempo mi aveva osservato? Era lei che aveva rubato la mia maglietta, aveva anche delle mie foto, che cosa aveva ancora di mio? Ora dove poteva essere? Mi affacciai al balcone, guardai, mi sporsi appoggiandomi alla ringhiera, fin quasi a cadere. Sonia mi vedeva? Come avrebbe potuto interpretare con quel mio gesto? Guardai oltre il bosco, avrei voluto che il mio sguardo si insinuasse dietro ogni albero e ogni cespuglio e che arrivasse anche dietro ogni foglia o filo d'erba, Sonia avrebbe potuto nascondersi ovunque.

Rientrai e aspettai sconsolato il rientro di Antonella, poi con calma, in assenza delle bambine, le feci leggere la lettera. Avevo gli occhi lucidi, stavo per piangere, quando mia moglie mi stupì: iniziò a ridere, poi mi prese per mano e mi portò sul balcone, dove, sventolando la lettera, la strappò in mille pezzi e lanciò i miserabili resti al vento che disperse il tutto nel prato e nel bosco. Infine mi abbracciò e mi baciò. Sembravamo noi i matti, altro che Sonia! Antonella entrò in casa e portò Eleonora e Rebecca accanto a me. Insieme, orchestrati sempre da lei con la più piccola in braccio, facemmo un girotondo, ridendo come bambini spensierati. Restammo sul balcone per una buona mezz'ora, riempiendo l'aria di felicità. Ero turbato ma rincuorato, Antonella mi credeva, non aveva dubbi su di me.

Le giornate di fine estate erano splendide, il sole illuminava la casa e noi tenevamo le finestre aperte fino a sera tardi, lasciando che la luce penetrasse l'interno delle nostre stanze, giocavamo a nascondino entrando e uscendo dalle porte, urlando come adolescenti zeppi di ormoni. Di sera accendevamo a intermittenza le luci di tutte le stanze per più giorni, divertendoci tantissimo.

Fu una reazione isterica e bizzarra. Ma alla follia come si può rispondere?

La notte lasciavamo una luce sempre accesa, anche se nella mia testa un altro pensiero si era acceso: dovevo prendere ancora più informazioni su Sonia, dovevo capire fino a che punto potesse arrivare la sua follia. Giocare a nascondino, accendere e spegnere le luci era stato divertente. Eppure un senso d'inquietudine aveva nuovamente preso possesso di me, io non la vedevo, ma sapevo che poteva essere dietro la siepe a spiare la mia vita ad ascoltare i nostri gemiti e i pianti di mia figlia.

Un giorno mi recai in ambulatorio, ripresi i miei rituali bizzarri, cambiai strada più volte. Appena arrivato, vidi su un muro confinante la ringhiera, un'enorme scritta rosa, in stampatello "Ti amo, tua Rondinella". Era chiaro che la scritta era indirizzata a me, fortunatamente nessuno sapeva della lettera, quindi io non dissi nulla. Mi colpì molto il soprannome, Rondinella. Corvo sarebbe stato più appropriato!

La giornata iniziò male, niente squilli strani, ma amore declamato a caratteri cubitali. Che fortuna essere amato da lei, che fortuna, che onore, che privilegio essere amato da una folle, convinta anche che il suo amore fosse ricambiato!

Ero teso, nervoso, riuscivo a malapena a mantenere un certo contegno. Pensavo alle parole della lettera e a quelle scritte sul muro. Avrebbe veramente potuto fare del male alla mia famiglia? Telefonai a casa e mia moglie mi rimproverò, mi disse di stare tranquillo, aggiunse ancora che una mamma sapeva difendersi, non per lei, ma per i figli, nessuno sarebbe riuscito a fare qualcosa.

Un'altra cosa mi lasciava perplesso: aveva giurato di vendicarsi e poi giurava amore eterno? Quando era venuta a scrivere sul muro? Di notte sicuramente. La sua mente era completamente presa da questo amore infetto, ormai ero l'oggetto del suo delirio, se di delirio si può parlare, tutto era vissuto in funzione di un amore malato e pazzo per me, meraviglioso e irraggiungibile per lei.

Poi venne fuori tutta la mia educazione greco-sicula, fui invaso da mille sensi di colpa, mi chiedevo dove avessi sbagliato, se forse il mio comportamento era stato la causa di tutto. Questo mi faceva stare molto male, non potevo e non volevo confidarmi con nessuno, dovevo risolvere da solo questa mia emozione. Cercai di pensare ad altro, anche se il mio pensiero era quasi costantemente riferito agli ultimi avvenimenti.

Preso da uno slancio di speranza telefonai in ospedale, volevo parlare con Lorena, così poteva darmi il numero di Antonietta. Dovevo parlare con lei, capire e colpire, prima di essere colpito a mia volta.

Andai in uno studio medico vuoto e composi il numero del reparto, pochi squilli e subito una voce rispose: "Medicina, buongiorno!"

"Sì buongiorno sono un infermiere della psichiatria, vorrei parlare con Lorena."

"Sì, un attimo." Sentivo i passi che si allontanavano con l'eco che mi riportava ai corridoi dell'ospedale e poi lentamente altri passi che si avvicinavano. "Ciao, dimmi…" Raccontai alla collega gli ultimi avvenimenti, li raccontai con un'enfasi tale che rimase senza fiato per tutto il tempo.

"Ma ne sei sicuro? Non è che esageri?" Una tegola che cade dal quinto piano sulla testa mi avrebbe fatto meno male, anche lei ora dubitava di me, eppure aveva vissuto in parte la storia con Antonietta, l'aveva vista soffrire e cercare soluzioni.

"Hai il numero di Antonietta? Vorrei parlare con lei."

Senza esitazione mi diede il numero e lo annotai in un post-it, che misi gelosamente in tasca. Conoscevo Antonietta, non bene, ma la conoscevo, durante il mio tirocinio qualche volta avevamo lavorato insieme ed ero curiosissimo di vederla e di sapere la sua storia. Avrei chiamato da casa, lontano da occhi e orecchie indiscrete.

Le mie giornate non erano più liete come poco tempo prima, avevo timore ad affacciarmi sul balcone, avevo paura a mostrare la mia fisicità, ogni mio gesto poteva essere interpretato male. A pensarci bene, anche la mia clausura poteva essere interpretata male. Facevo in modo che la mia inquietudine palpabile e spessa non passasse alle bimbe, che giocavano serene e spensierate. Oltre a loro e ad Antonella, mi faceva compagnia l'insonnia, che ormai aveva preso residenza fissa nella mia camera da letto. Qualche volta, esasperato dalla stanchezza causata dal mio stato, passava nella mia mente il pensiero di prendere un ipnoinducente o qualcosa che placasse la mia ansia, ma cancellavo subito questa idea, meglio svegli e vigili, Sonia avrebbe potuto entrare in casa mia. Quindi niente sonno chimico, solo paura, ansia e insonnia.

Una mattina, mentre uscivo per recarmi in ambulatorio, ammirai la splendida giornata: non una nuvola in cielo, un azzurro scuro, che incorniciava delle bianche montagne intenzionate a mordere l'azzurro terso, per nutrirsi di tanta purezza. Il mio sguardo cadde poi su un'auto che lampeggiava con gli abbaglianti. L'auto uscì dal parcheggio, sempre lampeggiando, entrò in strada e prese a seguirmi. Manteneva la distanza di sicurezza e io non capivo chi potesse essere, lo specchietto retrovisore non mi permetteva una visione perfetta. Rallentai, pensai che volesse sorpassare, l'auto allora accelerò e si affiancò alla mia.

Appena la strada lo consentì guardai bene all'interno dell'abitacolo e al suo interno vi era Sonia. La sua espressione mostrava una rabbia tale da far impallidire Rambo. Restammo affiancati per un attimo, solo un attimo, ma questo bastò alla mia persecutrice per fare un gesto terribile: si passò una mano di taglio nel collo, come per "sgozzare" qualcuno, poi rallentò vistosamente e con una veloce e abile inversione ad u tornò verso casa mia. Il mio terrore era alle stelle. Sudando, urlai senza ritegno, prendendo a pugni il volante, poi anche io, appena possibile, feci una terribile inversione e presi la strada che mi riportava a casa. Ora le parti si erano invertite, ero io che seguivo lei a tutta velocità. Sonia imboccò la via che portava diritto a casa mia. Vidi l'acquedotto con la sua cima a triangolo rovesciato e i suoi scacchi rossi e bianchi, distinsi i rami del bosco, le foglie e le venature che ne costruivano la struttura. L'auto di Sonia rallentò per entrare nel paese, ma poi con un'accelerazione improvvisa, lasciando parte dei copertoni sul selciato, andò dritta, veloce come un ghepardo che caccia la sua preda. Rientrai in casa, mia moglie fu sorpresa nel rivedermi, dissi che avevo dimenticato l'agenda. Dopo dieci minuti passati a guardare dalle finestre attraverso le tende, uscii nuovamente di casa, mi appostai per vedere se Sonia ritornava. Stavo diventando pazzo, sentivo l'ansia crescere dentro di me e uscire fuori attraverso difficoltà nel vivere il quotidiano, difficoltà a respirare, a stare fermo... Mi accorsi di questo stato d'animo e quindi dopo un'altra buona mezz'ora andai in ambulatorio, dove arrivai stremato ed impaurito. Non raccontai a nessuno dell'accaduto, anche se ero visibilmente scosso. Quel giorno telefonai quattro volte a casa, avevo paura della follia di Sonia. La giornata lavorativa andò male, i minuti passavano lenti, il tempo si dilatava e i miei pensieri trovarono spazio.

Cercavo di concentrarmi, ma tornavo sempre sull'accaduto e proiettavo la mia mente su quello che poteva accadere: telefonare a casa più volte contribuì solo a fare aumentare l'ansia di mia moglie, a nient'altro. Alle 16.00 uscii dall'ambulatorio, sembravo inseguito da un branco di iene, ero veloce nei movimenti e guardingo come una gazzella che sa di essere preda. Raggiunsi di corsa la macchina, volevo andare a casa il più presto possibile, avrei voluto volare. Entrai e cominciai a guidare come un forsennato e solo dopo un bel pezzo di strada mi accorsi che un foglietto era pinzato fra tergicristallo e vetro. Allora accostai a destra e tremante presi il foglio. Cominciai ad aprirlo, era piegato in più parti, intravidi la solita scrittura anonima, scritta al computer.

Dolcissimo uomo mio, stamani eri bellissimo, il rosso ti dona moltissimo, esalta i tuoi colori mediterranei, trovo molto accattivante quel ciuffo di peli che esce dal colletto. So che lo fai per me, sai che io adoro vedere attraverso le cose. Purtroppo sei ancora spaventato da questo amore, ho percepito l'odore della tua paura anche da molto lontano. Quando eri nascosto nel parcheggio, avrei voluto correrti incontro e baciare le tue dolci labbra, ma preferisco attendere ancora...e voglio che tu attenda. Ti ho osservato per ore ed ho immaginato di essere accanto a te per mordere le tue gote ed assaporare il tuo sudore mattutino, che gioia vederti, immaginarti...a presto.

La tua Rondinella.

Stracciai il foglio ruggendo come un leone ferito, la rabbia cresceva ed usciva attraverso il mio urlo disperato, presi a pugni il vetro facendomi male alle mani, poi continuai, prendendo a calci le ruote.

Sonia mi amava, mi odiava, mi desiderava, che cosa voleva da me, la mia anima? Cominciavo a perdere ogni speranza, la libertà mi sembrava sempre più lontana. L'amore può portare a questo? Si può definire amore? Continuavo a sentirmi prigioniero di un lager, come Primo Levi, che oltre a non essere creduto, era anche deriso.

Tornai a casa mesto e triste, nemmeno il sorriso di Antonella e delle bimbe sollevarono il mio umore. Prima di andare a dormire passai in rassegna tutte le porte e tutte le finestre. Non era più vita, era prigionia. Uno stormo di corvi si preparava alla notte migrando dagli alberi all'acquedotto, che si stagliava alto nel cielo terso e scuro della sera. I pioppi zeppi di foglie sembravano inermi di fronte alla sua altezza. Così ero io, inerme di fronte alla follia di Sonia. Guardavo avanti oltre il bosco di pioppi, oltre l'acquedotto, ma il mio era solo un finto guardare, i miei occhi non riuscivano a vedere oltre, mi sentivo soffocare, nonostante un vento fresco accarezzasse il mio viso.

La notte fu un continuo girarsi e rigirarsi, il sonno non mi prese, pensieri troppo forti, intrisi di violenza e cattiveria litigavano fra loro. La mattina mi accolse distrutto.

Ormai ogni volta che uscivo da casa, controllavo sempre tutto, porte, finestre, cancello, siepe. Questo mio atteggiamento cominciò a far insospettire mia moglie, ma con scuse banali evitai spiegazioni. La situazione non poteva più reggere, a volte partivo in ritardo da casa e correvo per arrivare al lavoro, uscivo poco, ero cupo, sempre più cupo. Sonia non si vedeva, ma poteva essere ovunque, anche dietro la siepe.

XVII

Un sabato cercai nell'agenda il numero di telefono di Antonietta, la collega oggetto di persecuzione da parte di Sonia. Non volevo farmi sentire da mia moglie, quindi con una scusa uscii di casa senza le mie figlie, andai in un paese vicino e appena vidi una cabina mi precipitai ad occuparla per telefonare. La cabina era sudicia e malridotta, ma più malridotta era la voce di Antonietta, che per nulla sorpresa per le mie parole m'invitò a casa sua per prendere un caffè.

L'appuntamento era per il pomeriggio. Rientrai a casa passando attraverso il paese, lasciai l'auto parcheggiata e camminai perché volevo fare due passi. La torre medievale, rettangolare e stretta, faceva ombra sulla piccola piazza antistante, il muschio verde intenso, vecchio di decenni incorniciava il suo tetto. Era bella da vedere, sapeva di antico, di tranquillità, di un tempo dove le cose camminano piano, senza urtarsi, senza sbattere violentemente fra loro. Il sole filtrava dalle foglie e illuminava il mio viso con intermittenza casuale, la serenità del paese mi rasserenò un po'. Il parroco passò, entrò in chiesa, seguito da un piccolo corteo di donne anziane; il buio dell'edificio ingoiò persone e anime e bruscamente mi trovai nuovamente tremante e arrabbiato come prima. Presi un caffè nel bar che si affacciava in piazza e poi tornai a casa, ad ingannare il tempo che proprio non voleva passare, imbrigliato dai pensieri che formavano una ragnatela fitta e spessa. Qualche gioco con Rebecca non contribuì a distogliere i miei pensieri dalle preoccupazioni. Continuavo ad avere gli occhi persi nel vuoto. Una volta finito il pranzo andai vero la sete di conoscenza ,verso la speranza.

L'auto camminava veloce lungo la strada, distese di campi di grano alla mia destra e boschi verdissimi alla mia sinistra coloravano anche i pensieri, fronde alte toccavano il cielo, schiaffeggiandolo con energia incredibile, la striscia di catrame s'insinuava fra i colori, violenta e innaturale, come la follia di Sonia.

La casa di Antonietta era situata all'interno di un piccolo paesino, dove piccole villette posizionate ordinatamente, secondo un preciso piano regolatore, formavano disegni geometrici. Il vialetto di pietre conduceva ad un portoncino bianco ove suonai il campanello.

"Ciao Antonietta, sono Andrea!" Antonietta mi accolse con un sorriso tristissimo, denti bianchi, labbra sottili, pallida come un cencio, ma dignitosa e fiera, nonostante le profonde occhiaie che segnavano lo sguardo, abbigliamento dimesso, semplice, che profumava di ammorbidente. Mi invitò ad entrare. La casa era buia, quasi tutte le gelosie erano chiuse, la luce filtrava dalle fessure illuminando particelle sospese nell'aria, sospese come i miei pensieri. Provai una sensazione di disagio, mi sentivo fuori luogo, Antonietta era sola in quel momento, il marito era a lavorare e i figli erano occupati con le rispettive consorti. Era una donna di cinquant'anni circa, ma così evidentemente ferita che i segni del tempo deturpavano il viso un tempo bello.

Mi fece accomodare, portandomi del tè e dei biscotti fatti in casa. La donna appariva spaventata, intimorita, guardinga, ma poi mi disse: "Vuoi che ti dica di Sonia, sei qui per questo? La storia è lunga, non dirò tutto, ma prima racconta che cosa sta combinando a te…" Io raccontai gran parte degli avvenimenti, la mia concitazione era tale che Antonietta mi disse di prendere fiato. In un attimo ripresi il mio racconto, inciampando nelle parole e nei pensieri, che mi prendevano come un vortice, un tornado. Mi sembrava di sentire il suo profumo, il suo odioso profumo. Quando mi resi conto che io dovevo ascoltare e non parlare, chiesi scusa e lasciai spazio ad Antonietta, che timidamente con la tazza di tè fumante in mano, tenuta dalle mani giunte come per pregare, iniziò a raccontare la sua storia.

"Appena arrivata in reparto, Sonia era timida, solitaria e silenziosa. Io la presi a cuore, sembrava spaventata dal lavoro, dalla gente, dal mondo, non diceva mai nulla di sé, ascoltava e basta. Qualche collega la canzonava, ma lei non reagiva mai, andava via in silenzio, con gli occhi bassi. Ascoltava i racconti di tutti con interesse, non commentava mai, asseriva in silenzio. Anche con me parlava poco, diceva solo cose superficiali e di poco conto. Mi sembrava sola, tanto sola e spesso lavoravo con lei per farle compagnia." Antonietta ostentava calma e tranquillità, ma, mentre parlava, si torturava le mani, le unghie si toccavano fra loro. La sua angoscia era evidente, si toccava con mano, il suo sguardo vagava nella stanza, non incrociava mai il mio, il suo racconto riprese concitato più di prima.

"Sonia era sempre stata curata nell'aspetto, poi la sua attenzione divenne maniacale, ossessiva e anche il suo atteggiamento nei confronti degli altri cambiò. La sua timidezza si trasformò in arroganza e strafottenza, sembrava godesse del disagio altrui. Ad un certo punto pensai addirittura che si nutrisse di cattiverie. Io inizialmente non dissi nulla, con me si comportava bene, come se nulla fosse. Continuavo a non capire, finché un giorno, dopo l'ennesima cattiveria, la presi da parte e chiesi che cosa fosse successo. Le si illuminarono gli occhi, era felicissima, raggiante, euforica. Iniziò a raccontare una storia strana, fuori completamente dalla mia visione della vita.

Disse che un giorno, quando la sua tristezza era pesante come una gabbia metallica, aveva incontrato una persona, una donna, che intuendo il suo stato d'animo l'aveva presa per mano e..." Antonietta iniziò a piangere come una bambina, singhiozzava, chiudeva il suo viso fra le mani e diceva no con la testa, le lacrime erano copiose e calde. Poi si alzò improvvisamente e guardò alla finestra. Era terribilmente preoccupata, la sua ansia ormai aveva invaso tutta la stanza, era ovunque, in ogni angolo, sopra ogni spigolo, quest'ansia si trasformò in paura, in panico. Il suo viso era una maschera di dolore, sembrava essere accarezzata dalla morte. Aprì un cassetto ed estrasse un boccettino. Riconobbi la confezione, era En, una benzodiazepina di notevole efficacia. Non contò le gocce, succhiò avidamente da esso, fino a lasciarlo vuoto. Non conoscevo la quantità contenuta, né la quantità che bevve, anch'io avevo paura, Antonietta non era più in grado di andare avanti con il racconto e il suo atteggiamento, oltre ad incuriosirmi, mi fece tremare l'anima. Che segreto custodiva? Ora era il mio cuore a battere come un tamburo a una sagra paesana, batteva sempre più forte, sentivo il sudore scendere sulla fronte e sulla schiena.

"Esci, vai via, non farti vedere, nasconditi, ti chiamo io, ti chiamo io, vai via, vai via!".

Poi la donna aprì la porta, dopo aver guardato più volte dalla finestra e mi spinse fuori, chiedendo la porta alle mie spalle, girando più volte la chiave nella toppa. Quel suono mi entrò nel cervello, e rimase incastrato nelle pieghe dei pensieri per molto tempo. Rimasi un attimo fermo sul ciglio della porta, poi come un automa mi diressi verso l'auto, che attendeva come un leone ferito, in attesa del colpo di grazia. Venni ingoiato da lei e al suo interno un urlo uscì dai miei polmoni, passando dalla gola e ferendola, lacerandola, l'urlo passò attraverso i vetri e colpì due corvi, che volarono via gracchiando. Il loro battito di ali li fece sparire dalla mia vista, appannata dalla lacrime calde, salate e acide.

Andai a casa e lì rimasi per tutto il resto della giornata, deciso però a tornare da Antonietta, per carpire notizie e segreti.

XVIII

Un giorno mi recai all'ospedale, erano circa le 12.30, ora di pranzo, dovevo ritirare alcuni documenti e fare visita ad alcuni pazienti. Mi trovai davanti alla porta d'ingresso del reparto, una enorme porta di alluminio e plexiglas antisfondamento. Suonai il campanello, non avevo le chiavi con me. Mi voltai e vidi da lontano Sonia, insieme ad una collega, la cui personalità era ed è veramente debole. La porta non si apriva e le due erano sempre più vicine. Finalmente un suono sordo mi avvertì che la porta si era aperta, ma ormai le due donne erano arrivate. Io salutai cortesemente, come sempre, ma rispose soltanto la collega, Sonia rimase in silenzio. Mi avviai verso l'infermeria, lasciando passare Marcella, la collega dalla personalità latitante, rimasi solo con Sonia che, avvicinandosi, bisbigliò: "Ammazzo le tue figlie, appena le vedo passo sopra loro con l'auto e le trituro!" Vidi Marcella girarsi, aveva sentito tutto, nonostante il tono di voce basso di Sonia, eppure immediatamente voltò la testa e continuò a camminare facendo finta di nulla. Senza perdere la calma, risposi "Non ti preoccupare, tanto tutti i nodi vengono al pettine, tranne che a me!" Poi accarezzai la mia testa glabra, sfoderando un sorriso smagliante. Vidi Sonia impallidire, ero riuscito a farla rimanere senza parole. Nel frattempo Marcella si era nuovamente avvicinata, anche perché, oltre ad essere priva di personalità, era affetta da curiosità cronica, lei viveva dei fatti altrui, che poi riportava in base a sue interpretazioni personali e di simpatia. Salutai e le due si allontanarono dandomi le spalle.

Ero felice, ero riuscito a lasciare Sonia senza parole, non era riuscita a ribattere, il suo sorriso si era ghiacciato sulle sue labbra.

Questa piccola vittoria mi ringalluzzì, ero tornato baldanzoso e fiducioso, il caldo della stagione dominava su tutto, il mio umore non era più una canna al vento, il sole spaccava la terra, formando crepe profonde e scure, ma io beatamente gioivo.

Sicuramente avrei pagato questo affronto, ma ormai volevo attaccare e non subire passivamente la situazione, anche se la freddezza di Sonia era difficilissima da scalfire.

Infatti la risposta arrivò immediata: il giorno dopo al mattino notai la macchina di Sonia parcheggiata vicino all'acquedotto, ovviamente prima di uscire guardavo sempre dalle finestre. Presi l'auto anch'io, armato di macchina fotografica, e andai incontro a Sonia che con un binocolo guardava in direzione di casa mia. Mi fermai a distanza di sicurezza, una decina di metri circa e scattai almeno un centinaio di foto. In realtà non sapevo se questo gesto potesse essere utile, comunque il mio atteggiamento non più passivo spiazzò Sonia che entrò in macchia infuriata e andò via, lasciando parte dei pneumatici sul terreno. Gesticolò in modo disarticolato, i finestrini lasciarono vedere qualcosa, soprattutto la sua espressione di rabbia incontenibile.

Seppi dai colleghi che dopo quell'episodio Sonia si era messa in malattia, rientrava solo qualche giorno e poi nuovamente in malattia. Sembrava spenta, da come dicevano, in un mondo tutto suo. La sua aggressività era scemata di colpo, non era più interessata alle dinamiche perverse che di solito la distinguevano, guardava spesso nel vuoto, fuori dalla finestra, non reagiva a nulla, non salutava, non parlava, un fantasma avrebbe avuto più peso, la sua magrezza faceva quasi spavento. Fiacca, depressa o sconfitta?

I mesi caldi trascorsero e la tranquillità prese nuovamente possesso della mia vita. Non vedevo più Sonia, né al lavoro né in giro per il paese né davanti all'ambulatorio sembrava veramente sparita.

Una notizia a dir poco fantastica mi giunse come manna dal cielo: la collega finalmente si era trasferita presso un altro reparto, anzi, era stata trasferita. Le sue assenze ormai erano lunghissime e non reggeva più nemmeno un giorno lavorativo: in ospedale e specialmente in un reparto di psichiatria è facile andare in burnout, cioè crisi totale e rifiuto dell'ambiente di lavoro. Comunque questo a me non interessava, m'importava aver riacquistato la mia libertà.

La mia vita era lieta, le bimbe crescevano e scoppiettavano di intelligenza e vivacità, io e mia moglie eravamo nuovamente sereni e il giardino non era più un luogo pericoloso, da cui si potevano vedere i nostri movimenti e giochi. Le finestre e le porte che davano sul bosco rimanevano aperte per tutto il tempo che ritenevamo necessario.

L'autunno colorò gli alberi e il cielo, dal balcone solo paesaggio tranquillo e nessuno sguardo indiscreto, indagatorio, violento.

Decisi dopo qualche tempo di ritornare da Antonietta, volevo sapere la sua storia. Provai a telefonare, una, due, tre, volte, ma Antonietta si negava sempre, non rispondeva nemmeno lei al telefono. Non capivo questo atteggiamento; visto che comunque il pericolo Sonia era ormai un ricordo, lasciai stare, per non angustiare ancor di più la buona collega.

Nessuna parola con i colleghi, lasciai che tutto passasse nel dimenticatoio.

Era giunto il 23 dicembre. In casa l'abete, addobbato con colorati nastrini e palline, aveva come base innumerevoli pacchi regalo, di varie dimensioni, per lo più dedicati alle bambine. L'aria natalizia profumava casa e dintorni, ero felice e raggiante. Suonò il campanello, andai ad aprire la porta e riconobbi Elena, un vigile che conoscevo. Il suo aspetto era come sempre cordiale e giocondo, robusta e decisa nei modi di fare, ma competente e dolce nello stesso tempo. Elena mi consegnò una lettera della magistratura. La busta era chiusa, ma notai preoccupazione nei suoi occhi, preoccupazione che passò immediatamente dentro di me. Dopo averla salutata, entrai in casa e strappai la busta con le dita, senza usare coltelli o tagliacarte. L'intestazione era inquietante e il seguito ancor di più: era una querela di Sonia. Il testo citava più o meno così: "In data 7 giugno, mentre rientravo dalla pausa mensa con la mia collega Marcella Polena, venivo..." La lettera era lunga quattro pagine e io ero accusato di percosse, ingiurie, danni fisici e morali, inoltre erano citati come testimoni due colleghi, Marcella Polena e Paolo Santambrogio, che era presente in reparto quel giorno, ma lontano dalla scena. Il bello era che la storia era completamente inventata, non vi era nulla di vero, quel giorno ero stato io ad essere minacciato. Dopo tanti mesi la follia di Sonia era tornata, viva, prepotente e diabolica come sempre.

Feci leggere la lettera a mia moglie, che la prese veramente male. La sua amarezza era evidente, non riusciva a capacitarsi di cotanta testardaggine nel perseguitare una persona. Poi fortunatamente le mie figlie la distrassero e potei nascondere la mia rabbia, la mia frustrazione. Se avessi avuto fra le mani la mia aguzzina, l'avrei strozzata volentieri, non riuscivo a capire il suo accanimento, ero furibondo. Spulciai le lettere e vidi il suo indirizzo di casa. Era praticamente a pochi chilometri dalla mia: il mio istinto fu quello di andare da lei. E poi? Quello era il suo gioco, voleva che io facessi gesti eclatanti davanti a molte persone, lucida follia, follia diabolica. Qualunque cosa fosse, questa volta ero deciso a passare al contrattacco, avevo energie a sufficienza per combatterla, mi mancavano elementi che mi permettessero di farlo. Volevo porre fine a questa assurda storia, a questa persecuzione inutile, alle telefonate ai biglietti d'amore e di odio e agli slogan sui muri.

Telefonai immediatamente all'avvocato che aveva seguito la mia pratica la volta precedente, e, nonostante le imminenti vacanze di Natale, mi fissò un appuntamento per il giorno seguente.

Percorrere le strade alla vigilia di Natale è un delirio assurdo, si vedono auto piene di sorrisi ipocriti e stereotipati, che guardano senza vedere. Attraverso i vetri appannati si scorgono forme umane nascoste da pacchi colorati, nastrati e prigionieri. Certo il mio umore mi impediva di gustare l'aria di festa. Comunque dopo un'ora circa di viaggio e un'ora circa per trovare un parcheggio infilai il portico di piazza Statuto, addobbata fino allo spasimo da abeti e lustrini. In un attimo fui davanti al grande portone bronzeo, salii le scale in un secondo. La sala d'attesa era vuota, soliti quadri, solita carta da parati, ma una terribile musichetta usciva da un gadget, musica natalizia dozzinale, fuori luogo per un ambiente così pregiato. Le mie unghie ormai passarono a miglior vita nell'attesa di essere chiamato, andai in bagno almeno due volte, ero nervoso e teso, forse troppo.

Venni chiamato nello studio e l'avvocato mi accolse con un sorriso radioso, mi tese la mano che già voleva dire soldi dati sull'unghia e poi mi fece accomodare. Estrassi la lettera e gliela diedi. Dopo una lettura veloce disse con tono quasi ilare: "Qui basta scrivere una lettera di scuse e tutto si mette a posto, non è necessario fare altro e poi siamo a Natale, evitiamo di incappare in pratiche lunghe e inutili, la signora ha due testimoni, quindi meglio la lettera di scuse, dia retta a me." Interruppe il discorso, mi porse la mano per congedarmi, ma rifiutai fermo e deciso.

"Io non ho fatto nulla, nulla di nulla, questa querela è falsa, non porgo le mie scuse a nessuno, vado avanti fino in fondo a costo di affrontare un processo! Proprio perché siamo a Natale non voglio subire un'ennesima ingiustizia, sono stanco, perché nessuno mi crede. Se non mi crede lei che è il mio difensore chi deve credermi? Per me non è un problema andare da un altro avvocato, sono tornato qui in quanto ex cliente e perché la mia storia è già conosciuta, ma non ho problemi a ricominciare tutto da capo. Io non ho fatto niente a nessuno, sia ben chiaro!"

Presi la lettera, il mio tono concitato, pieno di rabbia e ansia, colpì l'avvocato che mi invitò a sedermi nuovamente. Nel frattempo avevo già preso la via della porta, in realtà non so se quell'uomo vedeva andare via la parcella più il resto o se era rimasto colpito dalla veemenza della mia descrizione. Dissi anche che nella precedente denuncia lo zampino di Sonia c'era, anzi era opera sua al novanta per cento almeno.

Mi accomodai e lo ascoltai. "Senta, mi rendo conto che lei è ferito, ma andare avanti comporta un processo e delle spese legali non indifferenti, è più semplice chiedere scusa, l'orgoglio ogni tanto si deve mettere a tacere." Lo interruppi con un secco "E' stato un piacere, vado via." "No, si fermi! D'accordo, mi spieghi cosa è accaduto…"

Nonostante l'ora tarda e il veglione alle porte, raccontai per filo e per segno quello che era accaduto durante questi mesi, la mia rabbia coloriva il racconto. Dissi dei biglietti d'amore e odio, delle scritte sui muri, delle telefonate, di tutto. Ovviamente non avevo uno straccio di prova, la lucida follia di Sonia era anche questa, sapeva scomparire al momento giusto, non lasciava mai traccia del suo passaggio. Questo era un problema per un eventuale processo, correvo il rischio di essere considerato folle, la mia libertà di pensiero è sempre stata un problema, da sempre, anche questa volta lo sarebbe stato. Non volevo adeguarmi alle regole processuali del patteggiamento, volevo che questa storia finisse una volta per tutte, volevo riconquistare la mia libertà, volevo che la vera giustizia trionfasse.

Terminato il racconto vidi una smorfia strana dipinta nel viso dell'avvocato, non so quanto avesse creduto delle mie parole, comunque disse: "Allora inizio le pratiche, le darò lo stesso avvocato della volta scorsa, ma dovrà ripetere tutta la storia a lei, per filo e per segno. Forse meglio evitare alcuni particolari, comunque ora stia tranquillo, passi un buon Natale. Ci sentiamo più avanti, dopo le vacanze, purtroppo i tempi sono lunghi, lo sa meglio di me. Questa è una pratica per il giudice di pace, quindi i tempi sono ancora più dilatati, ma sono fiducioso sull'esito."

Mi congedò con una stretta di mano fredda e sudaticcia. Rimasi poco soddisfatto, avrei voluto partire subito, avrei fatto il processo anche allora a discapito della vigilia, tuttavia mi rendevo conto che non potevo cambiare le regole della giustizia italiana, quindi con le pive nel sacco salutai.

Infilai nuovamente il portico e mi tuffai nel traffico natalizio di una Torino luccicante. Ormai era buio, le strade erano bellissime, costellazioni colorate brillavano accendendosi e spegnendosi a ritmi irregolari, ma il mio umore era come il cielo: scuro, nero, profondo. Arrivai a casa, non dissi una parola del colloquio. Abbracciai e baciai le bimbe e mia moglie. Cenammo tutti insieme, apparentemente felici e sereni, anche se non era tutto così luccicante e gioioso.

Le vacanze di Natale passarono, nessun binocolo era ospitato dai boschi imbiancati di neve, nessuna minaccia, nessuno sguardo, almeno così sembrava.

Tornai a lavorare e, tramite colleghi fidati, iniziai nuovamente a prendere informazioni su Sonia. Le notizie erano confortanti, almeno moralmente confortanti. Per comunicare usavamo gli sms, avevo da poco scoperto che il cellulare poteva offrire questo servizio, poi il costo era minore di una telefonata e, cosa altrettanto importante, pensavo che questo metodo potesse eludere qualche controllo da parte di Sonia. Stavo delirando anche io, ormai, mi muovevo sempre con circospezione. Quella donna ormai aveva passato dei limiti decisamente importanti, la sua follia aveva preso piede e si stava impossessando di lei, la stava divorando. Le sue assenze lavorative erano sempre più frequenti, aveva fatto protocollare varie domande di trasferimento, tutte accettate in un tempo brevissimo e aveva cambiato già almeno tre reparti, passando dalla ginecologia alla radiologia in pochissimo tempo, lasciando dietro di sé tracce evidenti di pazzia. Le sue querele erano numerose, almeno altre cinque colleghe erano state querelate e sempre con le stesse accuse: ingiurie, percosse e persecuzioni.

Ogni querela era stata presentata da avvocati diversi, le notizie erano tutte ufficiose. Non avevo documenti che provassero questo, perché le colleghe oggetto di querela erano evasive e sfuggivano alle mie domande, si vergognavano, come me del resto. Si passava agli occhi della gente come delinquenti comuni, anche se proprio non lo eravamo. Ormai il nome di Sonia era una leggenda in ospedale, temuta ed evitata ma sola, sempre più sola. Il mio intento, comunque, era quello di parlare con Antonietta, che purtroppo era spaventata e divorata dall'ansia. Dovevo anche occuparmi d'altro, però, infatti urgevano i preparativi per la prima comunione di Rebecca. Distrarmi mi avrebbe fatto bene, non potevo pensare a questa situazione per tutto il tempo, la vita era un'altra cosa.

Inaspettatamente arrivò a casa la lettera di convocazione per il processo: l'udienza era fissata per venerdì 17 febbraio, alle ore dodici.

Quel giorno fui veramente teso e curioso, la notte precedente dormii a stento un sonno ricco d'incubi terribili. Mi preparai a puntino come se dovessi andare dal Presidente della Repubblica, mi rasai a dovere e feci pure il contropelo, evento raro per me. Indossai un vestito di lana grigio con una camicia dal colletto alto ed importante, come si usava allora. Partii con due ore in anticipo: era evidente che la mia voglia di ascoltare e vuotare il sacco era enorme.

Arrivai davanti al tribunale, sito in collina, un edificio vecchio ed imponente. Il parcheggio era un'utopia. Giunto lì davanti, presi due caffè e andai in bagno una serie infinita di volte. Notai che una graziosa donna mi osservava quasi imbarazzata, in realtà guardava in giro con aria smarrita. Mi avvicinai e chiesi se avesse bisogno di qualcosa e capii che aveva proprio bisogno di me. Lo studio legale non aveva potuto inviare l'avvocato che mi aveva difeso la volta precedente, quindi me ne aveva mandato un altro, senza avvisarmi, contando sul fatto che ci saremmo visti in sala d'udienza. Il caso volle che i nostri due anticipi fossero coincidenti. L'incontro fu casuale ma produttivo, infatti la donna era ansiosa di conoscere la mia versione e io non fui avaro di particolari, avevo voglia di raccontare e di essere ascoltato. Lei asseriva e prendeva appunti, il suo sguardo era stupito quando narravo certi eventi, quasi incredulo. Continuai imperterrito, perché raccontare mi faceva stare un po' meglio. La tensione saliva ugualmente, anche perché l'ora dell'udienza era ormai vicina.

Ci presentammo in un'aula enorme, addirittura bellissima, luminosa. Un piccolo anfiteatro arricchito di sedie di legno permetteva agli uditori di assistere ai vari processi, una grande scrivania preziosamente intarsiata ospitava la sedia del giudice, già presente in sala, con abito nero e martelletto di ordinanza. La mia delusione fu enorme quando seppi che doveva esporre solo la parte offesa, in teoria l'offeso ero io, per la giustizia era Sonia.

Erano le 12.05 ma di Sonia e dei suoi legali nessuna traccia... Eravamo seduti davanti al giudice, io e il mio avvocato, rassegnati. Il giudice, vista l'esiguità della questione e l'assenza della parte offesa, avrebbe voluto chiudere il tutto, ma un cavillo amministrativo impediva la chiusura, quindi tutto fu rimandato a data da destinarsi. Sconsolati ci alzammo e ce ne andammo via, in attesa di una nuova udienza.

Anche questa volta Sonia aveva avuto la sua vittoria parziale, aveva smobilitato una serie di persone e lei non si era presentata. I miei insulti arrivarono in alto, molto in alto, tuttavia non servirono a cambiare la situazione. Probabilmente questo gioco perverso aveva uno scopo: io dovevo pagare ogni mio intervento del mio studio legale e questo mi costava caro. Voleva forse che gettassi la spugna? Mai mettersi contro un padre e un marito innamorato, mai! Questo episodio fece crescere ancora di più la mia determinazione.

XIX

Il fatto passò lasciando amarezza e delusione, non impedendo il proseguimento della mia vita quotidiana. Da lì a poco ci sarebbe stata la prima comunione di Rebecca, quindi i preparativi impegnavano i ritagli di tempo, io e mia moglie cercavamo di mettere insieme economicità e praticità.

Venne il giorno della cerimonia, in una giornata di marzo splendida e tiepida, dopo numerosi giorni di pioggia il sole splendeva magnificamente nel cielo. Rebecca era bellissima e raggiante nel suo vestito color panna e la semplice acconciatura esaltava i suoi lineamenti. La piccola Eleonora gorgheggiava felice guardando il via vai della casa, io e Antonella, eleganti come da grandi occasioni, guardavamo con fierezza le nostre creature.

Chiudemmo casa e ci incamminammo verso la chiesa. Il tragitto fu breve, la nostra casa dista poco dal centro. Dopo aver costeggiato la via di costruzioni basse e aver salutato la torre rettangolare con l'orologio, entrammo in chiesa. Ci ponemmo su una panca centrale, insieme a tutti i genitori. Non potevamo riprendere con telecamere e neppure fotografare, il tutto si poteva fare dopo la cerimonia. La chiesa era adorna di fiori e nastri e le voci dei bambini ne riempivano ogni angolo.

Iniziò la cerimonia, l'odore di incenso e gli sguardi emozionati si confondevano e rendevano l'ambiente saturo di piacevoli sensazioni. Contemplai visi amici intorno a me, bimbi sorridenti. Il mio sguardo cadde sul volto della mia Rebecca e constatai che la felicità a volte ha l'aspetto di un sorriso infantile. Poi un brivido improvviso gelò la mia schiena: a pochi metri dalla mia bambina c'era Sonia, che guardava con aria di sfida la sfilata di piccole creature e in modo particolare mia figlia. Purtroppo non potevo filmare o fotografare. Vi fu un gioco di sguardi di una intensità sovrannaturale, lei si muoveva a stento fra la calca, sentivo il suo sguardo addosso, sentivo tutta la sua cattiveria e lucida follia, non mi vedevo spogliato e spiato nella mia intimità, ma sfidato, provocato, violato nella mia vita. Non riuscivo più a smettere di guardarla, avevo il terrore che potesse fare qualcosa alla bimba, anche se la possibilità era remota, vista la gran quantità di gente presente e quindi di testimoni. L'altra mia figlia era lontana, in braccio a mia suocera dall'altra parte della chiesa, quindi irraggiungibile, a meno che d'improvviso spuntassero delle ali dalla schiena di Sonia, ali demoniache sia ben chiaro, ormai non mi sarei stupito più di nulla. Avvisai con cautela Antonella, che era accanto a me, le raccomandai di non muoversi ma di guardarla. Mia moglie invece iniziò a salutarla, sfoderando uno splendido sorriso, e le mandò anche un bacio. Questo suo atteggiamento mi lasciò interdetto, più interdetta ancora fu Sonia, che smise di guardare e si avviò verso l'uscita, irritata e ferita. Mentre camminava annaspava fra la gente e pestò una serie di piedi, sgomitava, sembrava quasi soffocare. A questo punto anche io cominciai a salutarla, divertito e stupito. La donna finalmente sparì dalla nostra vista. Ovviamente, appena uscito dalla chiesa, perlustrai i dintorni con estrema circospezione, vi erano ospiti e persone che conoscevo, non volevo sembrare io il folle. Non mi chiesi neppure cosa volesse dimostrare con quella sua incursione, tanto era completamente inutile porsi domande, ogni sua azione ormai era priva di ogni senso, ogni risposta che potevo darmi era sbagliata. La giornata passò meravigliosamente fra antipasti, affetti e affettati, di Sonia neppure l'ombra.

Il giorno dopo telefonai all'avvocato per riferire l'accaduto, mi fu consigliato di lasciare perdere. La cosa mi infastidì un po', decisi comunque di ascoltare il suo consiglio. Del resto come sempre non avevo uno straccio di prova, tutti potevano recarsi in chiesa a prescindere da comunioni, cerimonie o altro. Nel frattempo l'avvocato mi comunicò la data del successivo incontro in tribunale, esattamente dopo sei mesi, cioè un'eternità, se si considerava l'ansia che a volte diventava prepotente, anche se dopo ultimi avvenimenti cominciavo ad essere più sereno e sicuro che questa storia finisse per il verso giusto.

Dal momento della querela gli squilli e le spiate erano finite, ma l'episodio della chiesa non fu un singolo evento, infatti Sonia compariva ormai in ogni luogo che io e la mia famiglia frequentavamo: parchi, supermercati, cinema. Si faceva sempre vedere a distanza di "sicurezza" ovviamente a seconda del luogo, era sempre curatissima e fresca di parrucchiere, il suo profumo qualche volta solleticava le mie narici, ma la cosa che mi colpiva sempre più era il suo dimagrimento ancora più evidente. Il volto era scavato, gli zigomi alti sembravano sorretti dalla sola pelle. Una volta, in un ipermercato, notai che seguiva me e la bimba più piccola, che era seduta sul carrello. Non si avvicinava, mi seguiva fra gli scaffali, guardava di sottecchi, a volte prendeva una confezione e con la scusa di leggere gli ingredienti, si girava e guardava nella nostra direzione. Notai un altro particolare: non mi seguiva mai quando entravo nel reparto dedicato ai bambini, sembrava che pannolini e pappe scatenassero in lei una tremenda allergia, fuggiva come inseguita da uno sciame di vespe e la cosa non mi stupì. Quanta energia sprecata! Quanta fatica inutile! Il suo tempo sembrava essere dedicato solo a me, non lavorava più da tempo, ormai, ma usciva anche durante l'orario di un eventuale controllo, probabilmente aveva qualche certificato medico che permetteva questo. Anche questa situazione era da indagare, le sue apparizioni probabilmente volevano ricordare il suo amore nei miei confronti.

La data del processo si avvicinava e nei giorni precedenti l'udienza le sue apparizioni furono fittissime, era praticamene la mia ombra e un'ombra in tutti i sensi.

Venne il giorno del fatidico processo. Mi presentai con anticipo per discutere con il mio incantevole avvocato un'eventuale strategia. Raccontai tutti gli avvenimenti, i luoghi e le modalità. Giulia Leone, questo era il nome del legale, mi ascoltò con estremo interesse, appariva sempre più stupita, era evidente che la sua scarsa esperienza le permetteva ancora di stupirsi.

Entrammo in tribunale, salendo le scale di marmo che mi portarono nella sala delle udienze. L'emozione era cresciuta e sentivo il sudore scendere dalla fronte, le mani erano sudate, il cuore batteva forte ed ero concitato. L'ora destinata all'inizio dell'udienza era passata da un po'. Mi guardavo intorno, ma di Sonia nessuna traccia, nessun profumo. Anche questa volta, dopo mezz'ora, il giudice sospese il processo, destinandolo ad altra data. La mia risata fragorosa echeggiò per la sala vuota, cosicché fui richiamato dal giudice stesso, ma in maniera paterna. Si vedeva che anche lui conteneva a stento la sua indignazione, tutto questo giocava a mio favore, ormai ero ottimista.

XX

La mia vita procedeva del tutto tranquilla, Sonia non si fece più vedere per mesi interi. Lavorava a singhiozzo e i miei "informatori", cioè colleghi affettivamente vicini a me, dissero che continuava nelle sue querele, riempiva pagine e pagine di parole, denunciava e querelava. La sua cattiveria spesso toccava picchi incredibili, si riversava specialmente verso persone con figli, mai verso donne o uomini soli. Già questo poteva essere fonte di interpretazioni particolari.

Andavo ormai a lavorare in ospedale senza alcun problema, non la incrociavo mai. Un giorno improvvisamente qualcosa colpì la mia attenzione:notai che un uomo telefonava spesso in reparto e chiedeva di Sonia. Dalla voce e dalle parole sembrava un paziente psichiatrico: la voce era spesso impastata come sotto effetto di farmaci. Biascicava, a volte i suoi silenzi e le sua pause erano tremendamente lunghi. Io ricevetti fino ad allora una sola telefonata, i colleghi le altre. Una notte, mentre lavoravo, verso le tre il telefono trillò. Alzai la cornetta aspettandomi una chiamata dal pronto soccorso,invece una voce bassa e rallentata rispose al mio pronto.

"Pronto... cerco Sonia... dov'è?"

"Ma lei chi è?"

"Io cerco Sonia, dimmi dov'è. La cerco da tanto, ma lei non mi risponde mai, è là vicino a te? "

Il suo tono era sofferente, sembrava un uomo anziano, sotto effetto di farmaci, la respirazione era affannata, la mia curiosità rifece capolino. Con Antonietta avevo fatto un buco nell'acqua, ma questa volta volevo giocarmi tutte le mie carte. Quindi, dopo aver pensato più velocemente possibile, dissi: "Senta se vuole possiamo incontrarci, io so dove è Sonia, ma preferisco non parlare per telefono, le sono accaduti eventi di cui sicuramente lei non è al corrente. Se vuole possiamo vederci anche a pranzo, offro io naturalmente, conosco una trattoria niente male."

Sentivo il respiro che passava attraverso la cornetta, un sibilo che metteva in evidenza la tentazione di dire sì alla mia proposta. Dopo qualche secondo di indecisione l'uomo rispose.

"Sì per me va bene, ma paga tutto lei, anche il vino, va bene?"

"Tutto quello che vuole, allora ci vediamo alle ore 12.30 davanti alla pizzeria King, in via Torino, se non è troppo lontano per lei."

"No va benissimo. Allora ci vediamo oggi, ma dimmi come sei vestito o come sei fatto, io non ti conosco".

Dopo aver dato le indicazioni, mi pentii un po'. Un appuntamento con uno sconosciuto e per giunta conoscente di Sonia poteva essere rischioso. Ormai, però, il gioco era fatto, quindi non mi rimaneva che rischiare.

Il mattino mi colse quasi impreparato. Feci una consegna ai colleghi veloce, percorsi rapidamente il tragitto per andare a casa e qui trovai mia moglie ancora addormentata insieme al resto della famiglia. Mi resi conto solo allora che era sabato e che la scuola materna era chiusa. Dopo una colazione ipercalorica a base di inzuppati i biscotti e la nutella nel latte insieme alle emozioni e al timore di quello che avrei dovuto affrontare quel giorno, svegliai tutti e insieme ci coccolammo un po'. Questi gesti mi davano forza, i sorrisi dei figli danno un'energia che permette affrontare ogni difficoltà. Poi iniziai a pensare ad un piano o almeno a qualcosa da dire, anche se ogni tentativo di costruire un ben che minimo progetto mi rendeva legato e poco naturale, perciò deliberai che dovevo semplicemente essere me stesso.

Dissi a mia moglie che avevo appuntamento con un perfetto sconosciuto e lei rispose che il matto ero io e non le persone che cercavo di curare. In effetti aveva ragione, poteva essere una trappola di Sonia o qualcosa di peggio ancora. Comunque volli ascoltare il mio sesto senso e aspettai con estrema ansia l'ora dell'appuntamento. Dovevo anche pagare il pranzo e pensai che il mio esborso poteva essere notevole,dal momento che magari non ci saremmo limitati ad una pizza, ma la mia curiosità non aveva prezzo. Indossai la polo rossa e i pantaloni blu scuro, abbigliamento che avevo detto che avrei indossato per essere riconoscibile. La mia emozione era palese, sentivo proprio il cuore battere velocemente, il caldo era sopportabile, solo la mia agitazione lo rendeva quasi impossibile. Stetti in attesa davanti al King, in attesa di... un perfetto sconosciuto. Il mio anticipo fu veramente esagerato. Finalmente verso le dodici e venti vidi avvicinarsi un uomo. Mi guardava mentre veniva incontro, la sua andatura era lievemente claudicante, indossava pantalone e camicia neri.

"Andrea?", disse con un sorriso quasi ebete.

"Sì sono io."

Tese la sua mano verso la mia e strinse forte, i suoi calli frugarono fra i miei polpastrelli: era una mano ruvida, da lavoratore. Un odore di fumo e alcool mi investì, il sorriso era schietto, ma mostrava pochi denti fra le labbra rosso fuoco. Era più basso di me, capelli scuri, lisci, appena toccati di bianco, la carnagione era scurissima, come la mia.

Disse con accento familiare, cioè siciliano "Piacere Salvatore!" Il mio stupore fu evidente, infatti, senza che io rispondessi, Salvatore riprese a parlare.

"Stai tranquillo, ci diamo del tu vero? Sono lo zio di Sonia, ma non sono lei e nemmeno come lei, ora entriamo che ho fame, lavoro da questa mattina."

"Sì andiamo, di qua, prego." Lo feci procedere avanti e notai la sua potente stazza, claudicante sì, ma in gran forma: aveva quarantacinque anni circa. Qualcosa non mi quadrava, il suo modo di parlare non coincideva con il suo aspetto: pelle cotta dal sole, rughe profonde, accento siculo ma corretto, sicuro, non biascicato come al telefono. La mia curiosità fu ancora più forte.

Ci accomodammo ad un tavolo, fu mia premura sceglierne uno un po' isolato, lontano da orecchie e occhi indiscreti. Eravamo a tu per tu, uno di fronte all'altro. I suoi occhi scurissimi e profondi mi scrutavano, ero in evidente imbarazzo. Mi versò del vino nel bicchiere, poi iniziò a parlare con calma.

"Allora dimmi, hai notizie di Sonia? So che lavora in ospedale ma rintracciarla è impossibile, cambia sempre il numero di cellulare e anche di reparto, a volte mi chiama ma poi sparisce". Mentre parlava, addentava un pezzo di pane, lo addentava con i premolari, pochi denti, spazi vuoti come questa storia. Che cosa voleva da me? Ero io che volevo avere notizie da lui, dovevo in qualche modo dirottare il discorso nella direzione che mi interessava. A prima vista non sembrava un paziente psichiatrico come pensavo, anzi era un tipo decisamente volitivo; continuò a parlare, mentre ordinò con mia sorpresa una pizza al salamino piccante, la mia preferita. Ordinai anch'io la stessa pizza, ma presi una coca cola, il vino lo lasciai a lui.

"Sono lo zio di Sonia, il fratello della madre, avrei bisogno di parlare con lei ma da solo. Non posso aspettarla davanti all'ospedale, se mi vedesse scapperebbe. La conosco da quando è nata."

"Lo zio materno? E perché le vuole parlare a tu per tu?

Non basta una telefonata?"

"No una telefonata non basta. Voglio vederla in faccia mentre parlo!"

Non sapevo cosa dire, non osavo chiedere il motivo della sua ricerca, ma non potevo sprecare un'occasione del genere. Ero visibilmente impacciato. Fortunatamente e forse di proposito fu lui, Salvatore, a togliermi da questa situazione spinosa.

"Sai Andrea, è mancata la mamma di Sonia. E' mancata da due mesi ormai e vorrei che Sonia sapesse alcune cose. Sua madre, mia sorella, non aveva più rapporti con lei da tempo, Sonia andò via da casa molto giovane, venne a stare da me, su mio suggerimento. Sua madre non si comportava bene con lei e io ci litigavo spesso. Mia nipote era vittima ogni giorno di violenze, ma non fisiche, di altro genere, come dite voi, violenze psicologiche. Mia sorella era buona, amava Sonia ma la soffocava, da piccola la stava facendo morire..."

Io ero sempre più interessato al discorso e sicuramente questo si vedeva, Salvatore aveva voglia di parlare, doveva forse liberarsi di qualcosa, di un fardello. Quindi approfittai e ascoltai avidamente.

"Che tipo di violenza? In effetti Sonia è un po' strana!" dissi.

Salvatore cambiò registro, i suoi occhi si inumidirono, sembrava commosso e arrabbiato, mi sorprendeva sempre di più. Non era grezzo come poteva sembrare, anzi, andava a fondo nell'anima come pochi.

"La storia è lunga. Risale alla nostra infanzia Nostro padre era violento, beveva, ci picchiava sempre, ogni giorno erano botte da orbi, calci, pugni, sputi. Rosetta, la madre di Sonia, era la più piccola, prese meno botte, ma come tutti noi patì una fame spaventosa. Nostro padre si beveva tutto e a noi non rimaneva niente, nostra madre cercava di fare qualcosa ma le botte e le ingiurie anche per lei erano pesanti. A volte dovevamo guardare nostro padre mangiare, mentre nostra madre le faceva da cameriera, noi guardavamo e basta, per noi non c'era niente a parte le botte. Dopo questo spettacolo uscivo insieme a Rosetta e andavamo nei bidoni della spazzatura a frugare, per vedere se trovavamo qualcosa di commestibile. Qualche volta qualcosa c'era e allora si divideva, ma il più delle volte non si trovava niente. Al sud l'economia non fiorente aveva portato fame a tutti, ma noi stavamo sempre peggio di tutti. Rosetta era sempre sorridente, ma sicuramente dentro qualcosa si era rotto per sempre. Il legame con nostra madre era fortissimo, lei la adorava, ma era spesso strana, forse per le botte, forse per la fame. Comunque si sposò prestissimo, a vent'anni andò via di casa, fu la prima a sposarsi. Noi eravamo in cinque, tre sorelle e due fratelli, io sono il secondo in ordine di età. Rosetta iniziò la sua vita qui in Piemonte.Mio cognato è un uomo buono, ma senza carattere, sapeva solo lavorare, nient'altro. Dopo un anno di matrimonio nacque Sonia, una bambina bella e pacioccona, tranquilla."

Era incredibile come Salvatore avesse voglia di parlare, parlava anche con la bocca piena e la pizza, nonostante le chiacchiere, fu divorata in pochissimo tempo, anche il vino fu bevuto senza timore alcuno e fu oggetto di ulteriori richieste. L'eloquio era fluido, senza intoppi, i particolari si facevano sempre più interessanti. Fortunatamente vi erano pochi avventori nel locale e potemmo rimanere a nostro piacimento. Salvatore continuò a ruota libera, sembrava un fiume in piena, che rompeva gli argini e invadeva ogni cosa.

"Sonia era carina, robusta e sana, ma Rosetta era debole, anemica, e spesso non mangiava pur di dare da mangiare alla figlia e a suo marito, così diceva lei. In realtà il cibo era diventato un'ossessione. Io ricordo quando andavo a casa loro, magari per un'improvvisata ad ora di pranzo: Rosetta costringeva Sonia a mangiare, nonostante fosse sazia. Le impediva di alzarsi dalla sedia, la teneva per i polsi, doveva finire quello che c'era nel piatto, non si doveva lasciare niente e le porzioni erano enormi. Sonia mi guardava e sembrava chiedermi aiuto, ma niente e nessuno poteva mettersi in mezzo fra il cibo, Rosetta e Sonia. Mia sorella urlava se la figlia non mangiava, le diceva sempre che se non mangiava non le voleva bene, che quello che lasciava nel piatto era la parte migliore, che era cattiva, incredibilmente cattiva se non finiva tutto.

Ricordo altre cose, altri eventi, a tavola non c'era mai la bottiglia dell'acqua e quelle volte che mangiavo a casa loro ero io a doverla chiedere. Sonia beveva spaventata, beveva avidamente e Rosetta davanti a noi non poteva dire nulla, ma poi mia nipote, ingenuamente, diceva che normalmente non si beveva quando si mangiava, l'acqua a tavola era un lusso, bisognava solo mangiare. Io volevo fare qualcosa per lei, era impossibile però rompere questo meccanismo."

Salvatore continuò a parlare, finché uscimmo dal locale e ci sedemmo in un parco, vicino a casa mia. Il sole era alto e caldo, ma l'ombra degli alberi ci ristorava. Non volevo perdere una sola parola, non capivo perché mi dicesse tutto questo. Ascoltai attento e iniziai a capire alcuni atteggiamenti di Sonia, la mia formazione professionale mi aiutava in questo. Lo zio a volte sembrava disperato, probabilmente dietro quelle parole vi era ancora dell'altro, aveva capito che il racconto mi aveva scosso. Era tardissimo, eravamo insieme da due ore e io non avevo aperto bocca, avevo solo ascoltato.

L'uomo mi sembrava in buona fede, cercava in qualche maniera di aiutare Sonia, voleva parlare con lei. Io ammisi che non potevo aiutarlo in quel momento, dunque rimanemmo d'accordo che dopo qualche giorno, davanti ad una birra, avremmo continuato il discorso. Salvatore fu felice di questa mia decisione, quasi sollevato. Ad un certo punto, prima di andare via, mi abbracciò , lasciandomi spiazzato e sorpreso. Fu un abbraccio liberatorio, credo, forse il mio ascolto lo aveva aiutato veramente. Con un sorriso quasi commovente, mi salutò e, zoppicando, andò via verso la sua auto parcheggiata poco distante.

Tornai a casa e raccontai qualcosa a mia moglie, mentre le parole mi si chiudevano in gola. Provavo una certa compassione per Sonia, ma questo non doveva intenerirmi. Capii l'ossessione verso il cibo, l'ossessione per i cibi light, lo scarso appetito. Poteva questo aver condizionato tutta la sua vita? Che cosa c'era da sapere ancora? Certamente l'origine della sua follia era remota. Sonia era veramente folle? Mille dubbi attanagliavano i miei pensieri, mille o forse più. Il cibo e il sesso sono legati a doppio filo, ma l'amore?Perché quell'amore tossico nei miei confronti? Certo non si poteva dare una spiegazione a tutto, impossibile, tuttavia la mia curiosità ormai era come una colata lavica, calda imponente e impossibile da fermare. Essa scendeva inesorabile attraverso i miei pensieri, mi avvolgeva, stava diventando una ragione di vita. Avrei voluto telefonare all'avvocato e raccontare tutto. Alla fine rinunciai, in realtà sapevo ben poco e le spiegazioni erano del tutto personali.

Lasciai sedimentare le emozioni per qualche giorno, andai a lavorare apparentemente tranquillo. Mi guardavo sempre attorno prima di partire da casa e durante il tragitto la paura nuovamente tornò nei miei pensieri, che si erano fatti più convulsi e spaventosi. Chissà cosa aveva passato Sonia, chissà cosa avrebbe potuto fare…

Dovevo sapere altro, volevo capire assolutamente.

Improvvisamente mi venne in mente Antonietta, la sua voglia di raccontare e la sua paura, adesso era lei che doveva darmi spiegazioni. Le sue lacrime avevano rivelato angosce e amarezza: era un imperativo categorico sapere cosa mi nascondeva.

XXI

Presi il cellulare e cercai concitatamente nella rubrica il numero della donna, ma purtroppo non avevo memorizzato nulla. Non mi restava che andare da lei di sorpresa, senza nessun preavviso, questo forse poteva giocare a mio vantaggio. Erano le tre del pomeriggio, il sole era caldo e il cielo terso e azzurrissimo. Gli abiti si appiccicavano alla pelle e il sudore scendeva copioso sulla mia fronte, le mie meningi reclamavano risposte. Salutai i colleghi, scesi le scale di corsa, entrai in auto, realizzando che un forno sarebbe stato più confortevole. Le mani appoggiate al volante bruciavano come i pensieri dentro di me. Conoscevo la strada, il calore deformava l'aria e vedevo volteggiare spiriti trasparenti che ridevano di me e delle mie intenzioni. Pensai di colpo che forse era più importante il processo e non le chiacchiere. Stavo per tornare indietro, ripetendo a me stesso che dovevo concentrarmi su cose serie, non basarmi su chiacchiere più o meno attraenti.

Il paese in cui abitava Antonietta era ormai a due passi: inutile rallentare o cambiare strada. Il vialetto di pietre circondato dal verde prato inglese accolse i miei passi veloci, suonai il campanello e il suo suono vibrò nella mia testa. La porta si aprì lentamente e vidi una stralunata Antonietta, che abbozzò un tiepido sorriso. Mi accolse senza problemi, mi fece entrare senza una parola: "Vieni, ti devo delle spiegazioni!" La casa era fresca, l'aria condizionata era piacevole, mi rinfrancava. Mi fece accomodare in salotto e mi porse del tè freddo. Le sue occhiaie erano profonde e scure, ma non sembrava spaventata. La luce del sole filtrava attraverso le tende chiare e la polvere giocava con l'aria, con movimenti pigri, estivi. La guardai dolcemente. "Dimmi Antonietta, sono tutt'orecchi!" esclamai. Dopo un lungo sorso e un lunghissimo sospiro iniziò a parlare.

"Hai ragione, ti devo spiegazioni. L'altra volta sono stata presa dal panico. E'una sensazione bruttissima il panico, sai cosa voglio dire! Ora va meglio, posso parlare, sono un po' imbottita di ansiolitici, ma riesco a parlare."

"Stai tranquilla, nessun problema!"

"Non ricordo bene dove eravamo rimasti ." Immediatamente la mia mente ripercorse il tragitto temporale e le immagini si formarono davanti ai miei occhi, rividi la paura della donna e ricordai. "Eravamo rimasti ad un incontro, Sonia aveva incontrato qualcuno e poi da lì ci eravamo interrotti."

"Sì l'incontro! Adesso ricordo! Sonia negli ultimi periodi era ossessionata dall'aspetto fisico, non faceva altro che controllare e pesare gli alimenti, guardava le porzioni, spesso non mangiava o faceva finta, anche la sua cattiveria era aumentata. Non capivo questo suo atteggiamento, allora la affrontai a tu per tu, davanti ad un cappuccino che lei continuava a girare e rigirare senza nemmeno assaggiarlo. Le chiesi cosa le stesse succedendo e lei iniziò a parlare, aveva gli occhi lucidi. Si vedeva che voleva discutere, era sicura, stava dicendo la sua verità, niente e nessuno poteva farle cambiare idea. Mi disse che un incontro casuale con una signora le stava cambiando la vita. Aggiunse che era una novizia, il suo percorso era ancora lungo, i risultati stavano già arrivando. *"Non mi trovi cambiata? Non sono diversa?"* Certo che sei diversa, dicevo io, sei intrattabile, attacchi tutti. *"No, mi difendo e prendo loro qualcosa."* Io non capivo e chiesi di spiegarmi tutto dall'inizio. Sonia era concitata ed emozionata e mi pregò di mantenere il segreto su ciò che stava per dire. Ovviamente annuii, ormai ero anch'io curiosa. Mi disse che tutto era iniziato con un fatidico incontro durante una festa a casa di conoscenti:le si era presentata una donna bellissima, secondo lei, alta, biondissima e magra, elegantemente vestita. Immediatamente era rimasta colpita dalla bellezza ed energia che emanava questa figura misteriosa. La donna, Melania, durante la festa, dopo avere chiacchierato a lungo con lei e avere raccolto delle confidenze, le aveva preso la mano e le aveva detto che se voleva migliorare la sua salute e non solo, doveva praticare dei rituali di magia nera. Subito mi disse che era affascinata da questa teoria e aveva ascoltato con attenzione, la proposta era allettante. Melania dopo una serie di visite a casa l'aveva condotta in un luogo non lontano dalla sua abitazione, in una vecchia chiesa sconsacrata, dove, in giorni particolari, si praticavano messe nere. All'inizio i rituali erano molto semplici, per lei che era una novizia, si andava per gradi. Sonia diceva che dopo queste messe acquistava forza, vigore, si sentiva sicura, sempre più capace, in realtà era cresciuta la sua cattiveria, la sua arroganza. Poi questi rituali erano diventati sempre più complessi, finché un giorno mi chiese qualcosa di veramente schifoso e incredibile..."

Antonietta scoppiò a piangere, aveva rivelato particolari oltre ogni mia aspettativa. Ora sapevo anche questo. La mia curiosità non era ancora appagata, ma non mi sembrava il momento di chiedere altro. Quindi presi il suo viso fra le mani, le diedi un grosso bacio in fronte, l'abbracciai forte e lei ricambiò. Fu un momento di grande intensità, sentivo le sue lacrime scendere, il suo corpo tremare. Non volli andare oltre, mi ripromisi in ogni caso di indagare su questa situazione in un altro momento. Antonietta smise di piangere, la salutai e andai via, intimorito ma conscio che una soluzione al problema poteva esserci.

Una grande sorpresa mi attendeva a casa: l'ennesima lettera di convocazione in tribunale per l'udienza. Fra qualche giorno avrei dovuto presentarmi, anche se le mie speranze di concludere erano poche.

XXII

Venne il giorno atteso. I miei preparativi furono veloci questa volta, sfoggiai un abbigliamento curato ma semplice ed essenziale. Percorsi la strada senza fretta eccessiva, confidavo nell'assenza di Sonia. L'avvocato, con cui avevo appuntamento, fu investita dai miei racconti. Rimase allibita, prendeva nota e faceva domande inerenti alla malattia psichiatrica. Insieme salimmo le scale che conducevano alla sala udienze. La mia sorpresa fu totale quando vidi Sonia accanto alla porta. Non era sola, accanto a lei c'era un uomo elegantissimo, alto, sulla quarantina. Il suo aspetto fisico, nonostante fosse curato, era veramente orribile. La discrepanza fra il suo aspetto e la sua eleganza rendeva il quadro ancora più grottesco: naso lungo ed aquilino che piegava verso destra in maniera disarmonica, pelle deturpata da vecchie cicatrici acneiche, due piccolissimi occhi infossati, scuri, scavati, emotivamente sterili, labbra sottilissime che chiudevano denti giallastri, irregolari, fronte bassa, sfuggente. Mi tornarono in mente le foto mostrate da Sonia tempo prima, era il marito, forse, vittima anche lui o complice della sua follia o addirittura mente di qualche progetto diabolico.

Sonia era elegantissima, vestiva un gessato grigio, giacca e pantaloni, tacchi alti, camicia bianca con grande colletto, ampia scollatura, dove dominava un enorme crocifisso d'oro. Stringeva a sé una cartellina rossa, sembrava si proteggesse da qualcosa. La sua acconciatura era molto ricercata, i capelli biondo cenere cadevano sulle spalle e coprivano a stento due grosse mascelle gonfie. L'aspetto anoressico, sebbene nascosto e camuffato, colpì i presenti in aula. L'avvocato di Sonia arrivò in ritardo, trafelato, inciampò entrando nella sala, facendo cadere dei plichi di carta che portava sotto il braccio. L'uomo piccolo, insignificante, quasi spariva sotto la toga nera e il cappello, già la sua entrata palesava insicurezza e goffaggine.

Il momento era giunto. Il pubblico ministero iniziò ad interrogare Sonia, che raccontò una serie di fandonie inenarrabili. La sua interpretazione fu emotivamente densa, ma priva di ogni riferimento preciso spazio temporale, cadde spesso in contraddizione anche se non incalzata dalle domande, che lentamente si fecero poco insistenti. Il suo show durò per mezz'ora circa, si mise addirittura a piangere quando disse che l'aspettavo tutti i pomeriggi sotto casa per insultarla. Sembrava convincente, forse perché nel suo delirio la perseguitavo veramente e la picchiavo e chissà cosa altro ancora… Più la ascoltavo e più ero convinto di vincere la causa, anche se il mio avvocato cominciava a nutrire grossi dubbi, vista la grande performance di Sonia, che continuò a piangere, nascondendo il viso nella giacca del marito, che meccanicamente le accarezzava i capelli. Finita la testimonianza, il giudice stabilì immediatamente la data per la prossima udienza, in cui sarebbero stati ascoltati i testimoni dell'accusa.

Non vidi più l'avvocato né Sonia per i sei mesi successivi e finalmente venne la data dell'udienza con i testimoni. Io, come sempre, arrivai un po' prima dell'ora stabilita, potei così parlare con l'avvocato Leone e studiare una eventuale strategia.

La prima testimonianza fu di Paolo, simpatico ma ansiosissimo collega, che era evidentemente teso e nervoso. Era così in situazioni normali, figuriamoci davanti ad un pubblico ministero che faceva domande incalzanti e precise. Paolo aveva una paura incredibile di Sonia e al momento del fatto citato non era nemmeno presente, era in un'altra stanza. Sudava come un orso polare in Africa, faceva una gran tenerezza, il pubblico ministero avrebbe potuto estorcere qualunque cosa da lui, ma era evidente che vi era estorsione appunto e non volontarietà o consapevolezza in quello che diceva. Egli faceva fatica a stare seduto, aveva il fazzoletto fra le mani e continuava a torturarlo e a passarlo sulla fronte. Il mio avvocato disse che era una testimonianza neutra, di poco peso dal punto di vista processuale, anche perché si rese ridicolo agli occhi di tutti i presenti. Dopo circa un quarto d'ora, in cui Paolo si contraddisse mille volte, fu liberato dal peso dell'interrogatorio. Si alzò e andò via, continuando a perdere sudore.

L'altra testimonianza fu una vera e propria farsa. La testimone in effetti era presente al fatto, sarebbe bastato solo dire la verità e Sonia sarebbe stata incastrata. Marcella, però, era ed è una banderuola priva di ogni ben che minima parvenza di personalità, anche lei era evitata dai colleghi, proprio per via della sua sbadataggine e aggressività passiva. Era una donna la cui vita era vuota, senza figli, senza marito, senza amici, il suo carattere era indisponente e, a seconda di come tirava il vento, lei si posizionava. Era notoriamente poco affidabile e incostante in ogni suo lavoro, prendeva mille iniziative, ma non terminava mai nulla. Dispettosamente riversava tutta la sua frustrazione verso chi aveva realizzato ciò che lei non era riuscita a realizzare, infatti io temevo moltissimo questa situazione. E Marcella temeva Sonia. Si presentò in ritardo, accompagnata dal compagno del momento, zoppicava vistosamente e un bendaggio elastico cingeva il bracco destro, il suo claudicare era funzionale alla sua insicurezza totale. Appena la vidi un brivido mi percorse la schiena, ma poi l'ottimismo prevalse. Mentre parlava, balbettava, guardava spesso nella direzione di Sonia. Questa cosa non sfuggì al giudice, che con occhi attenti osservava ogni sguardo, ogni movimento, i miei compresi. Anche con lei il pubblico ministero fu incalzante. Marcella cadde in contraddizione, ma il giudice lo interruppe, dicendo che le domande non erano pertinenti al caso. Quest'affermazione mandò letteralmente in tilt la donna, che smise di guardare Sonia e, a testa china, rispose alle domande, anche se il panico prese possesso della sua povera personalità. Purtroppo il mio avvocato non poteva fare domande ai testimoni, poteva solo difendermi durante l'arringa finale. Marcella poi andò via, dimenticandosi di zoppicare. Passato velocemente il tempo per l'udienza, il giudice interruppe il tutto, le vacanze estive erano alle porte e quindi non si stabilì nemmeno la data per l'udienza successiva. "Sarete convocati a tempo debito" disse il giudice. Sonia andò via accucciata sotto le spalle del marito, i due testimoni fuggirono spaventati, io e la Leone ci salutammo.

XXIII

Trascorsero molti mesi e molte parcelle e la mia situazione non mutava affatto: nessuna chiamata, nessuna convocazione. A quel punto non mi rimaneva che chiarire, anzi era necessario conoscere fino in fondo la situazione di Sonia. Rintracciai nuovamente lo zio e chiesi se avesse avuto notizie della nipote, se fosse riuscito nell'intento di parlarle. Infine lo invitai a pranzo. Salvatore si presentò puntualissimo, con la sua solita andatura claudicante. Erano passati pochi mesi ma sembrava ancora più curvo, ancora più vecchio. Davanti ad una pizza e al vino Salvatore si scioglieva. Mi disse che non era riuscito a parlare con Sonia, la donna fuggiva sempre, cambiava continuamente numero di cellulare. Al lavoro non andava quasi più e quelle poche volte che era presente si dava irreperibile. Inutile aspettarla sotto casa, controllava sempre prima di uscire. L'uomo aggiunse che nella famiglia d'origine di Sonia qualcosa di grosso era ancora capitato, ma la madre era riuscita a seppellire tutto, bisognava salvaguardare le apparenze. Sonia si era sposata a diciotto anni, con un uomo più grande di lei e che sicuramente non amava. In passato, quando vi era ancora con lo zio qualche tipo di rapporto, gli aveva confidato che avrebbe voluto dei figli, ma suo marito proprio no. Questo era stato causa di litigi, poi Sonia si era convinta che era meglio così, i figli deturpavano il corpo, aumentavano le smagliature, distruggevano la vita.

"Una volta andai a casa sua, lei era già sposata, vidi un litigio furibondo fra lei e sua madre. Da allora, Sonia non volle sapere più nulla di lei. La nostra non è una famiglia, siamo spezzati dall'odio e dal rancore, io non so tutto, però, qualcosa di grave sarà sicuramente successo!"

Non volli insistere con Salvatore, ma accennai a ciò che Sonia mi stava combinando. Lo zio profondamente addolorato mi chiese scusa per lei. Ci salutammo come vecchi amici, anche se in realtà i nostri incontri erano stati solo due. Probabilmente i nostri discorsi furono terapeutici per entrambi. Andò via, portandosi dietro certamente molti segreti.

XXIV

L'estate trascorse lenta e calda, l'acquedotto gettava la sua ombra nel bosco, pieno di foglie e vita, ma privo della presenza di Sonia. Qualche volta guardavo, ma fortunatamente nulla, ormai sembrava scomparsa dalla mia vita completamente.

Era l'inizio di settembre, un giorno andai in centro a Torino con le bambine. I portici di via Roma erano semivuoti, molta gente era ancora in vacanza e noi potevamo passeggiare con tutta tranquillità. Eleonora gorgheggiava godendosi l'eco che regalavano i portici, io guardavo le vetrine con i saldi di fine stagione, Rebecca gustava un gelato alla frutta, sgocciolandolo qua e là per la via. Improvvisamente vidi Sonia riflessa in una vetrina: era a pochi passi da me. Mi girai di scatto, proteggendo con il corpo le mie bimbe, la donna mi guardava con uno sguardo di apparente infinito amore. Il mio cuore iniziò a battere all'impazzata, fortunatamente non eravamo soli e non poteva fare nulla. Il suo sguardo, però, m'inquietava. Rebecca si accucciò accanto a me, io mi girai e presi a camminare lungo la via. Sonia seguiva dietro di noi a pochi metri, se noi ci fermavamo, lei si fermava, se aumentavamo il passo, lei immediatamente si adattava. Una lieve brezza gonfiava il suo vestito bianco panna, largo e quasi trasparente. Era curatissima come sempre, i capelli cadevano sulle spalle ossute, scure, abbronzate, le piccole bretelle, contrastavano con la sua abbronzatura. Aveva scarpe basse, senza tacco, sembrava galleggiare a pochi centimetri dal terreno. Sentivo il suo sguardo attaccato alla pelle, attaccato all'anima, come sempre il suo comportamento era un mistero. Che cosa voleva questa volta? La mia paura passò attraverso la pelle e toccò le bambine, che mostrarono irrequietezza e agitazione. Mi voltai lentamente e non la vidi più. Mi guardai attorno, guardai oltre la gente, girai in via Po, dove altri portici accoglievano il nostro passaggio. L'aria del fiume giunse al mio naso, non sentivo il profumo di Sonia. Poi un trillo al telefono mi portò alla realtà: un messaggio, compariva un numero. Il messaggio era chiaramente di Sonia: "*Entro domani la tua famiglia sarà decimata e tu sarai mio per sempre, tua Rondinella.*"Non la vedevo più, non sapevo dove fosse, provai a chiamare il numero che compariva, ma non capivo, non suonava affatto. Continuai a camminare ostentando calma assoluta, anche se la paura e la rabbia erano al mio fianco e tenevano per mano le bambine. Antonella era a lavorare, quindi sapevo che non le poteva accadere nulla. Mi fermai accanto ad un negozio di musica, dove vecchi dischi di vinile ornavano la vetrina: nessun riflesso oltre il mio e quello delle bambine. Eppure sentivo il suo profumo, era nell'aria, era intorno a noi, ci avvolgeva ormai... Come un segugio annusavo intorno a me, la vomitevole essenza era sempre più intensa, non vedevo nulla purtroppo. Tenevo una mano sul passeggino e con l'altra stringevo Rebecca, inquieta anche lei già da tempo. Arrivammo in fondo alla via dove si apriva piazza Vittorio,che era piena di gente. Sentii la tensione calare, più persone c'erano minori erano le possibilità che Sonia potesse fare qualcosa. Ci sedemmo ad un bar, i gorgheggi di Eleonora attirarono subito l'attenzione. Il cameriere arrivò e ordinai tre gelati. Rebecca rimase stupita, era il secondo gelato in meno di un'ora, ma giustificai dicendo che il caldo era ancora forte e che quindi il gelato poteva dare sollievo. Mi voltai e pochi tavolini più avanti, in un altro bar, Sonia sorseggiava qualcosa e ci guardava. Non dissi nulla, mantenni una calma apparente. Poi vidi la mia persecutrice alzarsi, immediatamente andai a pagare il conto. Ora ero io che non volevo perderla di vista, se eravamo noi a seguirla, potevamo, o meglio, potevo controllarla. Che follia, che follia! Ormai tutto era irrazionale: la sua famiglia a dir poco strana, le messe nere, il tribunale... La Gran Madre si stagliava maestosa di fronte a noi e il Po si faceva più vicino, si sentivano il suo odore fangoso e il rumore delle acque che sfioravano i greti erbosi. Sonia si vide braccata a sua volta, quindi aumentò il passo. Si guardava continuamente dietro, sembrava spaventata dalla mia reazione. Altra stranezza! Altra follia! Il suo passo aumentò ancora e ad un certo punto si mise a correre. Infine sparì fra la folla. Io mi fermai, anche perché non era mia intenzione spaventarla o, peggio ancora, provocare in lei qualche minima reazione. Addirittura mi fece pena, il suo sguardo era veramente terrorizzato, mi vennero in mente le parole di Salvatore, chissà che cosa le era veramente capitato! Questo comunque non giustificava la mia persecuzione e tutti i suoi atteggiamenti aggressivi nei miei confronti e nei confronti della mia famiglia.

Tornammo indietro, percorrendo la strada a ritroso, lasciai alle mie spalle la Gran Madre e via Po. Guardingo entrai in auto, sistemai le bimbe e via di corsa verso casa. L'acquedotto con i suoi scacchi bianchi e rossi mi salutò da lontano, tutto tranquillo, nessun problema.

Esattamente il giorno dopo telefonò la segretaria dello studio legale, dicendomi che per la settimana dopo, il 15 settembre, era stabilita la data dell'ultima udienza. La paura era enorme, questa volta avrei dovuto giocarmi tutto, avrei avuto la possibilità di parlare.

XXV

Il 15 settembre alle 8.00 i miei preparativi furono scrupolosi e quasi maniacali. Iniziai con pelo e contropelo, evento rarissimo per me, era dal giorno del matrimonio che non usavo farlo. Volevo battere Sonia anche sul suo stesso terreno, non volevo sembrare un terribile uomo violento come mi aveva descritto. Il risultato non fu dei migliori, nel senso che il mio viso era liscio, ma allo stesso tempo irritato e rosso. Quindi spalmai chili di crema idratante, poi feci una doccia corroborante e, mentre l'acqua scendeva lungo la schiena, cercai di mettere in relazione gli ultimi avvenimenti con la convocazione di quel giorno. Poi vi fu la scelta dell'abito, un grigio fumo d'alta classe. La cravatta era d'obbligo questa volta, infatti indossai la stessa del giorno del matrimonio. Ovviamente arrivai in anticipo, questa volta però anche Sonia era in anticipo, ancora più magra del nostro ultimo incontro. Eleganti pantaloni grigi e larghi coprivano sicuramente gambe ossute, una giacca con larghe spalline celava il resto, anche se i capelli non riuscivano a coprire le mandibole sempre più gonfie. Probabilmente il periodo delle diete terribili era finito e ora vi erano sicuramente abbuffate e vomitate, anche i denti evidenziavano questo particolare. Era curata come sempre, tuttavia la sua follia stava prendendo il sopravvento, non era riuscita a coprire una parte della sua patologia. L'aspetto decisamente anoressico, benché camuffato, era ormai evidente a tutti. Notai il pubblico ministero che la squadrava da capo a piedi e lo stesso fece il giudice, quando entrò con la sua toga svolazzante. Era presente anche il marito, la teneva per mano, ma non passava alcuna emozione fra loro. Era una postura studiata, preparata, emotivamente sterile. Questo dimostrava che oltre al disturbo alimentare vi erano anche cattiveria e premeditazione. Sonia era una psicopatica e in qualche maniera anche il marito era dentro questa situazione.

Venne il mio turno. Salii sul banco degli imputati, il mio cuore batteva a mille e il sudore scendeva lungo la schiena con goccioloni pesanti. Feci il giuramento davanti ad una piccola folla di curiosi seduta, sui banconi dell'aula.

Il pubblico ministero esordì così: "Il tempo a nostra disposizione è limitato, quindi è pregato di attenersi ai fatti." Questa affermazione mi spiazzò, volevo raccontare una serie di eventi poco credibili ma secondo me importanti. Immediatamente nel giro di pochi nanosecondi studiai una strategia, non sapendo se potesse funzionare. Iniziai a raccontare i fatti lasciando volutamente dei buchi temporali: in questo modo il pubblico ministero fu costretto a fare domande. Grazie ad esse inserii con maestria le minacce ricevute e le innumerevoli liste di querele che Sonia aveva in corso. Immediatamente l'avvocato della mia accusatrice si oppose, dicendo con poca convinzione, in verità, che questi elementi non interessavano la questione in corso. Il giudice accolse l'opposizione, ma io avevo raggiunto un obiettivo. La mia rabbia tuttavia cresceva, dovevo contenermi, non volevo mostrare la benché minima traccia di violenza, nemmeno verbale. Il pubblico ministero mi blindò, mi impedì di dire altro, ma cadde in un tranello da me escogitato e gettato sul piatto con delicatezza estrema.

"Se, come dice, non ha commesso il fatto, cioè non ha insultato e percosso la signora in questione, come ha fatto a non reagire a queste provocazioni e minacce?" mi chiese.

"La mia formazione in ambito psichiatrico mi permette di capire se sono provocazioni e vere minacce, conosco bene l'ambiente!"

Questa mia affermazione fece saltare il timido avvocato di Sonia che chiese: "Vuol dire che la mia assistita è una paziente psichiatrica? Una folle?"

"Non oserei mai affermare questo. L'ha detto lei adesso, non è mio compito fare diagnosi!"

Poi mi girai verso Sonia e verso il pubblico ministero: "Le minacce di morte nei confronti delle mia famiglia erano solo provocazioni, era chiaro, Sonia non sarebbe in grado di uccidere nessuno."

A quel punto il pubblico ministero urlò di stare in silenzio, ma un altro colpo era stato assestato. L'avvocato difensore si sedette senza dire nulla. Il giudice, che notò tutto, guardava Sonia che piangeva dimessa, badando bene a non sciogliere il trucco. Io di sottecchi schiacciai l'occhiolino al mio avvocato, senza farmi vedere da nessuno, quindi tornai a guardare il mio accusatore, che passò la parola al difensore di Sonia.

L'avvocato fu visibilmente in difficoltà: si arrampicava sui vetri, non mi pose alcuna domanda, anche se era sua facoltà farlo, non osava nemmeno guardarmi in viso. Io cercai il suo sguardo, volevo guardarlo negli occhi e sfidarlo. Lui si girò, mi diede le spalle, enunciando una serie di codici e codicilli che infastidirono tutti i presenti, compreso il giudice che lo richiamò, dicendo di essere più concreto. Infine chiese una cifra consistente per ripagare i danni, danni solo morali, poiché di fisico non vi era assolutamente nulla di provato. Mi sentivo scoppiare, se fossi stato giudicato colpevole, oltre ad essere stato perseguitato, avrei dovuto indebitarmi per pagare Sonia.

La parola passò al mio avvocato. Minuta e gentilissima come sempre Giulia Leone esibì una grinta che stupì anche me. Il suo pathos colpì direttamente il cuore del giudice e anche dei presenti. Era incredibile come velatamente lasciò passare l'allusione alla follia. I miei insegnamenti erano stati utili, qualche accenno, nulla di più, una piccola freccetta tirata da una cerbottana, ma sottile e avvelenata. Sciorinò poi argomenti ancora più convincenti, come la mia figura sempre presente in tribunale, quando Sonia invece non si era presentata più volte, il mio lavoro e la mia formazione professionale. Fu convincente, sicura, mai esagerata, un'abilissima combattente. Disse anche che io avevo rinunciato al patteggiamento, per affrontare il processo con alti rischi, perché credevo nella giustizia. La trovai affascinante nel suo camice largo, una vera paladina della giustizia.

Il giudice si ritirò per deliberare. Vissi momenti di panico quasi totale, ero contento di come si erano svolti i fatti. Nonostante il poco tempo a disposizione, ero riuscito a dire una serie di cose che in teoria potevano cambiare le sorti della sentenza. Sudavo, mantenevo la calma a fatica, ma anche la controparte era evidentemente tesa. Sonia dava le spalle al marito, parlava con l'avvocato che gesticolava, cercando di spiegare chissà che cosa. Il mio legale era apparentemente tranquillo, benché la sua tensione si manifestasse nel suo passeggiare avanti e indietro attraverso l'aula.

I curiosi aumentarono. Dopo un tempo infinto il giudice uscì dalla sua stanza. Mi sembrava camminasse al rallentatore, la sua toga svolazzava come ali di pipistrello. Avrei voluto essere trasportato in avanti nel tempo, il mio cuore era veramente in gola, le tempie pulsavano come tamburi. Si posizionò davanti alla scrivania, non si sedette e pronunciò queste parole: "Visto lo svolgimento dei fatti, il dibattimento dei testimoni, viste le testimonianze, l'accusa e la difesa, ASSOLVO il sig…….. per non aver commesso il fatto. Così è deciso!". Un colpo di martello suggellò la sentenza.

Stavo per urlare dalla gioia, ma riuscii a trattenermi. Sentii lo sguardo del mio avvocato dritto sul mio collo e poi nei miei occhi. Sonia scoppiò in un pianto dirotto, il marito crollò su una panca, realizzando che doveva accollarsi tutte le spese processuali. Io avevo un sorriso che avrebbe fatto impallidire Julia Roberts, i miei denti brillavano di gioia come la mia anima, mi stavo procurando una lussazione alla mandibola. Che enorme soddisfazione! La giustizia aveva trionfato. Dovevo stare attento, però, la mia gioia poteva portarmi a gesti poco consoni per il luogo. Era veramente tutto finito? Questo incubo era durato mesi…

Ringraziai la graziosa Leone, anche lei era contenta, infatti le brillavano gli occhi.

"Grazie per aver creduto in me, grazie!"

Volevo uscire dal tribunale, volevo uscire da questa storia, volevo uscire di testa. La frenesia e la gioia s'impadronirono di me. Non telefonai a casa, desideravo raccontare tutto in diretta, abbracciare tutta la mia famiglia, avrei voluto avere le braccia lunghe chilometri per cingere le mie donnine. Che meraviglia! Mi sentivo libero, era da tempo che questa sensazione non si manifestava dentro di me. Uscii dalla sala lentamente, le scale furono saltate in un attimo, a due a due. Il parcheggio era poco distante, la mia auto mi aspettava, sporca, vecchia ma libera. Entrai e mi diressi verso l'uscita, accanto al passaggio vi erano Sonia, il marito e l'avvocato , discutevano mogi. Non riuscivo a passare, ma fu proprio l'avvocato che, scorta la mia auto, fece spostare gli altri. Io, passando accanto, dissi un ironico "grazie". L'avvocato rispose un "prego" di tutto rispetto, mentre gli altri due lo guardarono attoniti. Poi via verso casa, verso i miei amori, verso la vera libertà, la libertà di appartenere a qualcuno, senza costrizioni alcune, libertà di amare! Volevo stringere prima di tutto la persona che mi aveva sempre creduto, che mi aveva sempre spalleggiato e spronato, la mia piccola, grande donna: mia moglie Antonella.

Il pudore mi impedisce di descrivere la notte d'amore che trascorremmo insieme, dopo che diedi la bella notizia.

XXVI

Passò qualche giorno e annunciai la notizia in ambulatorio. Alcuni la accolsero con estremo piacere, altri furono tiepidi, altri indifferenti, ma la mia gioia in ogni caso era da condividere con chi mi amava veramente. Per essere completa la mia felicità doveva soddisfare l'ultima curiosità. Antonietta doveva ancora completare il suo racconto, era necessario sapere, desideravo conoscere l'ultimo tassello della storia. Allora le telefonai e lei, senza alcun problema, m'invitò a casa sua il giorno dopo. Con un vassoio di paste secche mi recai da lei puntuale come un orologio svizzero. La casa questa volta era illuminata e le tende lasciavano entrare il sole, che rischiarava l'intera stanza, evidenziando la bellezza degli arredi e di Antonietta stessa, che sembrava più serena delle volte precedenti. Il suo umore era ottimale, gli abiti che indossava erano colorati e il suo sorriso illuminava il viso. Ci sedemmo in salotto davanti al tè e ai pasticcini.

"So cosa vuoi sapere, ora posso dirlo, so che è andato tutto bene con Sonia, ora posso parlare serena…"

Questa affermazione mi incuriosì ancora di più, la mia sete di curiosità cresceva a vista d'occhio, stavo per soddisfare questa arsura.

"Come ti ho detto, Sonia frequentava una setta satanica. Alcune mattine la vedevo coperta di trucco, ancora più pesante del solito, per coprire chissà che cosa. Ogni tanto raccontava eventi strani, messe dove si adorava il diavolo, in cui il sesso e il sangue erano protagonisti. Raccontava particolari macabri e schifosi, spesso la pregavo di smettere, ma lei continuava, sembrava trarre piacere dal mio disgusto. Diceva che traeva energia dal male che procurava, anche il mio disgusto era fonte di energia. Vedevo la sua soddisfazione, quando le colleghe piangevano dopo le sue angherie. Una mattina, probabilmente era in vena di confidenze, mi raccontò per filo e per segno, mio malgrado, una intera messa nera. Mi raccontò la sua iniziazione nei minimi particolari. Era diventata un' adepta a tutti gli effetti, ma per aumentare il suo potere doveva fare qualcosa di terribile, di veramente terribile... E qui entrai in ballo io, nonostante volessi rimanere del tutto fuori. Notavo che spesso Sonia mi chiedeva se avessi ancora il ciclo o se fossi in menopausa. All'epoca io avevo 42 anni circa, mese più mese meno, ed ero ancora fertile. Trovavo questa domanda del tutto normale, fra donne queste cose si dicono. Poi chiese la data del mio compleanno più volte, voleva conferma che fosse giusta e notai che sbirciò in alcuni documenti. Inizialmente non ci feci caso, ma per lei sapere di preciso la mia data era fondamentale. Io sono nata il 06/06/1956. Che c'è di strano dirai tu? Anche per me la cosa era del tutto banale, finché Sonia, neanche troppo timidamente, un giorno mi disse che voleva più potere, ardeva dal desiderio di diventare una sacerdotessa e doveva chiedermi un favore. Mi guardò dritta negli occhi, aveva uno sguardo che mi passava da parte a parte, mi sentivo male, quasi percossa. Cercai di distogliere il suo sguardo dal mio, ma lei continuava a incalzarmi, finché mi propose una cosa terrificante: dovevo rimanere gravida, affinché il mio feto fosse abortito durante un rituale. *"Io ho bisogno di quel feto... mi serve... per diventare ciò che ho detto, non dirmi di no Antonietta o pagherai caro questo affronto!"* Sonia disse tutto con una determinazione spaventosa, io volevo urlare e scappare via, ma lei mi minacciò che se avessi detto una sola parola non avrei più rivisto i miei figli.

Non ero io ad interessarla veramente, ma il mio feto. Il rituale prevedeva che la madre dovesse avere almeno tre numeri sei nella sua data di nascita. *"Se non vuole tuo marito, vi sono altri maschi disposti a inseminarti, tu devi solo prestarmi l'utero, posso pagarti se vuoi, anche bene, non dirmi di no..."* Aveva gli occhi iniettati di sangue mentre parlava, avevo tanta paura. Fortunatamente bussarono alla porta e Sonia dovette aprire, così io scappai via fra le lacrime. Nessuno si accorse di questo. Da allora iniziai ad evitarla, lei invece mi incalzava, appena mi trovavo sola, si avvicinava e mi ricordava la sua richiesta. Una volta mi chiuse in uno stanzino e io urlai con tutte le mie forze. Da allora per me cominciò l'inferno. Sonia iniziò a perseguitarmi in mille modi. La sua scaltrezza era incredibile, non lasciava mai traccia delle sue nefandezze, mi perseguitava anche fuori dal lavoro, io avevo paura per i miei figli. La vedevo sempre fuori casa. Andai anche dai carabinieri, ma non si poteva fare nulla, non vi era alcun reato. Mi seguiva in ogni luogo, mi guardava, si avvicinava, sembrava colpirmi ma poi si fermava. Pagai anche un investigatore privato, anche se non riuscì a trovare nulla di strano. Cominciai a dubitare delle messe nere."

Antonietta era visibilmente scossa, anche se era riuscita a parlare, a dirmi tutto o quasi, ma ancora il sacco non era stato vuotato del tutto.

"Ad un certo punto Sonia diventò sempre più magra, sempre più emaciata, ma la cattiveria non mutava mai, anzi aumentava. In reparto attaccava tutto e tutti, anche i pazienti, finché un giorno lei stessa chiese di andare via, lasciando una relazione in direzione, su cui scrisse che tutti la odiavano e che facevano dispetti vari, denunciando poi vari colleghi e anche me. Le sue persecuzioni durarono mesi, ebbi una crisi depressiva terribile, fui addirittura ricoverata. Ad un certo punto tutto finì, forse perché lei aveva inspiegabilmente deciso che tutto doveva finire".

A quel punto intervenni: "Antonietta, il motivo sono io! Sono solo io! Ha trovato un'altra vittima! Ora puoi stare tranquilla, davvero è tutto finito. Sonia non ti attaccherà più, ha altro a cui pensare, stai serena!" Vidi la donna più tranquilla, la salutai e la abbracciai, ringraziandola per tutto ciò che aveva fatto per me. Soltanto non le rivelai un particolare, la mia data di nascita: 06/06/1966...

La mia data di nascita non solo conteneva ben quattro sei, ma un nove che capovolto diventata un sei. I ricordi e le immagini in quel momento si stagliarono nella mia mente: Sonia spesso chiedeva quando ero nato e cercava conferma. Una volta volle vedere la foto della mia patente e poi anche quella della carta d'identità. Ora tutto era chiaro o quasi.

Il giorno dopo andai in biblioteca, per cercare di capire il meccanismo delle messe nere, specialmente quelle celebrate a Torino, che è per eccellenza la città più magica d'Italia. Iniziai a leggere una serie di articoli e pagine, dove erano descritti anche i luoghi dove questi rituali si praticavano.Casualmente Sonia abitava a due passi dal Mausoleo della Bela Rusina, dove, si dice, ci fosse uno dei luoghi preferiti dagli adoratori del diavolo.

La descrizione dei rituali era terribile: orge, sangue, promiscuità, violenza. Evito i particolari veramente raccapriccianti. Il sangue era una costante e allora capii "l'amore" che Sonia provava per me. Lei voleva essere fecondata da me, in quanto nella mia data di nascita il sei era presente più di tre volte e poi voleva abortire per completare il rituale. La storia era semplicemente pazzesca, folle, come la mia persecutrice del resto.

Tornai a casa disgustato e ferito, in realtà il demonio c'entrava poco in questa storia, solo una persona debole poteva cadere in queste situazioni folli. Finalmente capii quello che avevo veramente rischiato.

XXVII

Era trascorso circa un anno dalla sentenza e un giorno, visto che la scuola era chiusa per la festa del santo patrono, insieme alle mie bimbe decisi di andare nella cittadina dove avevo subito il processo, non per ricordare qualcosa, ma perché il luogo è veramente incantevole. Ai piedi delle montagne l'arco alpino domina il paesaggio,in lontananza si vede il Monviso stagliarsi nel cielo e graffiarlo nervosamente. In quel luogo la temperatura d'estate è gradevole, il vento fresco delle montagne accarezza case, pensieri e persone. Proprio vicino al tribunale vi è un bellissimo parco, arricchito con piante che regalano preziosa ombra. Rebecca ed Eleonora giocavano allegramente, ad un certo punto la mia attenzione fu attratta da una figura che mi ricordava qualcuno: dal luogo dove era situato il tribunale passò Sonia, accompagnata dal marito. Era ancora più magra di un anno prima, stringeva a sé una cartellina, sempre come per proteggersi da qualcosa o da qualcuno. I suoi capelli, nonostante la brezza fresca, non si muovevano di un millimetro. Il suo viso scavato era truccato per dare tono alla pelle da cui affioravano le ossa, gli occhi erano fissi in terra. Quanta tristezza! Non era lì per me, sicuramente aveva individuato un'altra vittima innocente da perseguitare. Avrei voluto parlare con il povero malcapitato!

Ormai sono passati alcuni anni, la mia vita è sempre piacevolmente impegnata. Non ho più rivisto Sonia, so che non lavora più presso lo stesso ospedale. Chissà se si sta curando o se sta continuando a perseguitare qualcuno... Non posso, purtroppo, rispondere a questa domanda... Spero solo che mi abbia dimenticato.

Dedicato ad Ornella, mia moglie
ad Arianna e Francesca, le mie due figlie
e agli Amici Pino e Rossana.

www.ingramcontent.com/pod-product-compliance
Lightning Source LLC
Chambersburg PA
CBHW030347180626
46812CB00007B/2794

* 9 7 8 8 8 6 9 4 9 0 8 2 8 *